大鱼读品
BIG FISH BOOKS

让日常阅读成为砍向我们内心冰封大海的斧头。

PAUL KALANITHI

当呼吸化为空气

WHEN BREATH BECOMES air

修订版

[美] 保罗·卡拉尼什 ·················· 著　　何雨珈 ·················· 译

浙江教育出版社 · 杭州

与保罗的无限对话

吴承瀚

　　我和保罗的关系很微妙。和大多数读者一样，我从没见过保罗，只能凭他的书和照片，想象他生前的模样。但我现在每天走的路，是保罗生前最后几年时间里每天都走过的路。我们同样在加州斯坦福大学医院神经外科工作。我们的目标都是成为神经外科医生兼神经科学家。我们都对功能神经外科与神经调控技术研究充满热情。如果他还活着，继续在斯坦福大学医院工作，他会是我现在的直接上司。我们彼此擦肩而过。

　　2015年年中，我来到斯坦福大学医院的时候，并不知道保罗的故事，直到某天匆匆经过医院书店，不经意瞥见柜台前摆放着保罗的书。英文版洁白的封面，

When Breath Becomes Air，书如其名，轻巧地躺在那儿，静悄悄的，毫不张扬。我带了一本回家。

保罗以被诊断为肺癌末期后的心境为引子，从自己的童年开始回顾一生。幼年时对文学初现的爱好，大学时在选择以文学或自然科学为志业时的彷徨犹疑，进入医学院后的刻苦学习，实习期间初次面对病人死亡的冲击，医学研究背后外人难以理解的辛酸，住院医师培训期的高压生活……阅读过程中，除了因为类似经历而不时出现的似曾相识感与会心一笑以外，心中更多的是对保罗的羡慕与尊敬。羡慕的是保罗渊博的文学知识与洋溢的文采，尊敬的是保罗对医学倾心倾力（真的是用尽洪荒之力）的投入，无论是对病人视病如亲的同理心，或是对医学知识与手术技巧日臻完美、锲而不舍的追求。当然，还有对保罗英年早逝的无比惋惜。

读完第一遍，我意外发现了保罗和我冥冥之中存在的千丝万缕的联结。再读第二遍、第三遍，每读完一次，心中都有不同层次的感受与收获，如同保罗的遗孀露西看到医学教科书上死亡病例的心电图后，意识到这不只是一条油墨印在纸上的曲线，而是一个真实生命逝去的过程一样。在反复阅读保罗的书之后，我也逐渐意识到：这不只是一本文字堆叠而成的自传，还包含着太多关于生命的事——他共事过的同事的生命、他照顾过的病人的生命、他家人的生命，还有他自己的生命。

但在阅读过程中，我心中反复出现过同一个问题：透过这本薄薄的回忆录，保罗到底想说什么？他的书所涵盖的关于生和死的主题又广又深。处在不同人生阶段，甚至阅读当下有不同心情体悟的读者，都可能会对同一章节有截然不同的感受。与其妄想通透生死哲理，我该问的其实是：保罗想对当下的我说什么？

身为保罗的后辈，保罗告诉我：科技发展日新月异，无论是临床还是研究工作，一旦怠惰，很快就会被新科技的潮流淹没。何况身为医者，必须以"不允许自己犯任何错误"的完美标准鞭策自己不断学习新的知识和技术。特别是神经外科，一旦失误，代价是别人一辈子的健康，轻者脑神经功能损伤，严重者瘫痪，甚至死亡。

但与此同时，也别让自己成为单纯的医疗工匠。医生是一种每天都徘徊在病人生死之间的职业。生离死别的故事与伴随而来的令人心碎的哭声是工作环境的背景音乐。为了在如此令人沮丧的环境中更好地持续运转，医生必须给个人的感情套上一层防护罩，像是伤口长出的痂一样，看得越多，痂结得越厚。这是医学训练过程的目的之一。一个成天为病人的不幸哭哭啼啼的医生，无法胜任必须随时做出客观正确判断的工作。

但保罗提醒我：别忘了医生治疗的对象是人。除了对自然科学的涉猎，医生同时得具备深厚的同理心与人本主义价值。两个病人得了同样的脑肿瘤，病人性别、年龄一致，肿瘤生长位置和大小一样，病理形态一样，分期一样，从医学作为一门自然科学的角度来看，这两个病人完全相同，他们的治疗也应该完全一致，但他们就是不同的病人。他们来自不同的家庭，成长于不同的社会文化背景，在各自的生命中扮演不同的角色，扛着不同的责任，因着不同的幸福而满足微笑，为了不同的悲伤而心痛流泪。他们打从根本就是不同的人，对生命有不同的期待，看重不同的价值。这是冰冷的医学仪器无法侦测判断的只属于人的特质。医生除了看病，更重要的是"看人"。

　　"医生的工作就像把两节铁轨连接到一起，让病人的旅途畅通无阻。"保罗形容得实在太贴切了。医生的工作确实和铁路工人没有什么区别，最终都只是把人们带到他们想要到达的地方而已。

　　这是保罗对身为后辈的我的提醒。还有呢？保罗想说的应该不止这些。

　　保罗在书中提到，他的许多同侪在医学院毕业后，最终都选择了收入丰厚又相对轻松的科室，选择了所谓的"高品质生活"。保罗也很清楚，这样的选择理所当然，谁不想要舒适优渥的生活？但对保罗而言，神经外科医生不只是一份为了维持高品质生活而选择的职业。对他而言，行医是一种使命。或者该说，无论他选择了什么工作，其实都是使命。如果他照着原先大学时候的计划，成为全职作家或文学教授，那么这也会成为他的使命。生命的意义不只是单纯的对金钱和地位的追求。在生命的终点线前，回看人对虚名浮华的追逐，会发现这些都只是捕风捉影而已。

　　这是保罗对为了生活变得浮躁和汲汲营营的我的提醒。还有呢？保罗想说的应该不止这些。

　　保罗还说了不少关于工作的事，关于自己悲观进取的人生观的事，关于同事朋友之间的事，关于夫妻之间的事，关于生孩子的事，关于信仰的事，关于面对自己罹患绝症的事，关于死亡的事……这是一本从生写到死的书。里头有满满的生命的故事。我单看每个故事，都能找到某种共鸣和感动，却始终百思不得其解，保罗到底想说什么。我每翻一页、每读完一个段落，心中都是同样一个问题："还有呢？保罗想说的应该不止这些。"甚至直到读完全书，这个问题依然在心中挥之不去。

我决定去找保罗，想当面问个清楚。我写了一封电子邮件给露西，得到保罗的墓园地址。露西也是斯坦福大学医院的医生和教授，只是简短的联系，我就已经感受到她待人真诚、热情与对人的关怀。在某个晴朗的夏日周日上午，我驱车前往墓园。墓园很大，占据了旧金山湾区南部山上的一片山头。凭着露西信里的粗略描述，我走在一座座墓碑间，寻找保罗。湾区华人移民者众，墓碑上不时出现华文名字与熟悉的城市名。我扫过一片山顶，没找到保罗，于是往马路另一头的山腰走去。天气很好，万里无云，隔壁山头是一片杉树林，远眺可见太平洋。我边欣赏着美景，边寻找刻有保罗名字的墓碑。找完两大片各色各样的墓碑，拜见了不少华人宗族耆老同胞，可就是没找着保罗。正纳闷儿该如何是好，发现远方有个孤零零的墓碑杵着，几乎就在墓园的边界上，再往下走，就是一段陡坡，布满野花，长满跟人一般高的草。我漫步而去。只见墓碑背后刻有墓志铭：

Then fancies fly away（一切虚妄过眼）

He'll fear not what men say（他不会在意他人所言）

He'll labour night and day（他会昼夜不停劳作）

To be a pilgrim（成为朝圣者不断向前）

是保罗没错了。

我坐在墓碑旁，坟前的草还没长齐。墓碑上放了块石头，可能不久前还有人来过。我也随手捡起一块，放在保罗墨色的墓碑上。我翻开随身带着的保罗的书，正试图从杂乱的思绪中整理出心中疑问，想一次向原作者把生死道理问个水落石出时，眼前与人齐高的草丛忽然一片大动。

有鹿！而且还不止一只，有鹿爸爸、鹿妈妈和两个鹿宝宝，是一家子鹿。他们在吃午餐。鹿爸爸首先发现了坐在保罗墓碑旁的我，有所警惕，同时借机教育孩子要小心陌生人。就这样对视了五分钟，鹿爸爸确认我似乎人畜无害后，也开始慢悠悠地嚼起面前的花草。

我呆看着眼前的一切光景：山、海、天空、草原、鹿一家。再回头看看保罗："Neurosurgeon & Writer / Beloved Father, Husband, Brother, Son & Friend."（神经外科医生、作家，心爱的爸爸、丈夫、兄弟、儿子、朋友。）再看看手上的书："献给卡迪。"保罗把他倾生命最后心力写成的书，献给了他刚出生不久的女儿。一切就这么豁然开朗了。

保罗短暂一生的成就：斯坦福大学学士、剑桥大学硕士、耶鲁大学医学博士、斯坦福大学医院神经外科医生，还有那数不清的学术奖项与荣耀。这一切在他人眼里可能看似金光闪闪，但保罗从来不是为着这些而努力的。他只是自始至终忠于自己所追寻的生命意义与价值而认真活着而已。

我们所认识的保罗，相信在文学、医学工作里能找到自己人生的意义，于是他披上白大褂救死扶伤，拿起笔杆埋头写作。但如果他相信自己人生的意义存在于社会公平正义里，他可能会成为律师或者警察；如果存在于人体的力与美之间，他可能会成为运动员或者健身教练；如果存在于舌尖味蕾上，他可能会成为厨师或者美食评论家；如果存在于优美舒适的城市中，他可能会成为建筑师或者清道夫。

在追寻生命意义的道路上，保罗也没有害怕转弯。从文学转到医学，保罗为此比别人多付出了许多时间和心力，但既然忠于自己的生命意义，也就没有什么好害怕的，只要义无反顾地往前走就好。何况生命本就充满变化，每个人生命的意义也时刻都在发生转变。

就在保罗被诊断为癌症末期后，在生命的最后时刻，除了在文学和医学的路上扮演的角色以外，保罗和露西决定在另一条路上一起追寻另一个层面的生命意义：他们的女儿卡迪在保罗被诊断为癌症后一年出生了。

医生的意义，在于把病人原先断裂了的生命的路修补接续上。生命的意义包罗万象，但每个单一的生命点，最终都是为了桥接过去和未来而存在。从儿子、兄弟、朋友、丈夫，最后成为父亲，保罗承接着过去世代的所有，在行将就木之时，又把自己生命最美好的精华传衍下去。当下的我是有限的，未来的我们却是无穷的。生命本身的存在和延续就赋予了生命不可剥夺的意义，一种近似返璞归真的存在主义。而在最后的日子里，对保罗而言，他身为"父亲"这个角色所带来的生命意义，似乎远胜于其他所有总和。

保罗的书包含的绝不仅止于此。过段时间再读一次，说不定又会有令人惊异的新启发。但这是他想对此时此刻的我说的话。保罗没能成为我在神经外科、在医学研究上的老师，但透过他的文字，保罗亲手把某个比科学知识更美丽、更珍贵的东西交给了我。我只想和保罗说声谢谢。谢谢你教会我许多事。谢谢你让我知道我并不孤独。

英文版序言

亚伯拉罕·维基斯 [1]

　　写下这些文字时，我突然想到，这本书的序言，其实最好作为后记来读，因为涉及保罗·卡拉尼什的一切，时间都是倒着来的。比如说，我是在保罗死后，才真正认识他的。（请宽恕我吧。）当他已经不在人世，才成了我亲密的朋友。

　　2014 年 2 月初，一个难忘的下午，我在斯坦福见到了他。他刚刚在《纽约时报》发表了一篇特稿——《我还能活多久》，这篇文章引起了强烈反响，众多读

---

1. 亚伯拉罕·维基斯（Abraham Verghese）：埃塞俄比亚裔医学专家和作家，现任美国斯坦福大学医学院教授、内科副主任。著有《斯通，与另一个斯通》。——译者注（若无特殊情况，书中注释均为译者注）

者纷纷回应。发表之后的几天内，传播速度极其迅猛。（我专攻传染病，所以原谅我没有用"病毒"来形容。）余波未了，他便与我联系，说要来聊聊，问问著作权代理、编辑和图书出版之类的问题。他想写一本书，就是这一本，这本你正在捧读的书。我还记得阳光透过我办公室窗外的玉兰树，照亮眼前的一幕：保罗和我面对面坐着，好看的双手非常平稳；脸上留着先知一样的络腮胡；深色的眼睛上下打量着我。在我的记忆中，这一幕有点像维米尔 [1] 的画，像针孔照相机呈现的作品。还记得当时我心想，你得记住这一幕。因为映在我视网膜上的一切都太珍贵了。还因为，由于保罗已经被诊断出了癌症，我想到他将死的命运，更意识到自己也是个必死的凡人。那天下午，我们聊了很多。他当时是神经外科的住院总医师。我们的工作曾经也许有过交集，但也没能想起有过哪位共同的病人。他告诉我，他在斯坦福本科学的是英语和生物学，之后又继续留在本校，攻读了英语文学的硕士学位。

---

[1].　约翰内斯·维米尔（Johannes Vermeer，1632—1675）：荷兰画家，代表作有《戴珍珠耳环的少女》。

我们聊了他对写作和阅读与生俱来的热爱。我有点吃惊，他本来轻轻松松就可以成为一名英文教授，而且，曾经也好像要走这条路。然而，就像和他同名的保罗前往大马士革途中时一样，他也感觉到了冥冥中的召唤[1]，成了一名医师。但他一直希望以某种形式实现自己的文学梦。也许有一天，写本书什么的。他本以为自己时间还多。本来就是嘛！然而，现在，时间，成为他最稀缺的东西。

我还记得他温柔又带点嘲弄意味的笑容，尽管已经枯瘦憔悴，脸上还是带着一丝顽皮。他已经和癌症过招许久，身心俱疲，但最近一次生物疗法起到了良好的效果，让他有时间考虑接下来的事情。他说，学医的时候，一直觉得自己会成为精神科医生，没想到爱上了神经外科。他爱的不仅仅是大脑的错综复杂和经过训练可以做惊人手术的满足感，还有对那些饱受痛苦的人深切的爱与同情。他们的遭遇，和他能够实

---

[1] 这里指的是《圣经·新约·使徒行传》中的故事。故事中的保罗本来信仰犹太教，为了维护信仰而四处追捕刚刚兴起的基督徒，在一次前往大马士革追捕基督徒的行动中，保罗遇见了神迹，被复活的耶稣感动而成为基督徒，后来成为传播福音的门徒之一。

现的可能，是他入行的主要原因。他给我讲的时候轻
描淡写，相比之下，我有些曾经做过他助手的学生跟
我谈得比较多，他们总是说起保罗这可贵的品质——他
坚定地相信自己的工作有道德上的意义和价值。接着，
我们又谈了他面临死亡的现实。

那次之后，我们通过电子邮件保持联系，但再也
没见过面了。不仅是因为我被各种各样的工作淹没了，
还因为我有种强烈的感觉，一定要尊重他的时间。见
不见我，要让保罗来定。我觉得他现在最不需要的，
就是来维持一段新的友谊。不过，我倒是常常想起他，
也想起他的妻子。我想问他有没有在写东西，找到时
间来写了吗。多年来，作为一个忙碌的医师，我很难
找到时间写作。我想告诉他，一位著名作家曾经用同
情的语气和我谈起这个永恒的难题："如果我是个神经
外科医生，说我必须撇下家里的客人，去做紧急开颅
手术，没人会说什么。但如果我说，我得把客人撇在
客厅，到楼上去写作……"我想知道，保罗会不会觉
得这话很滑稽。毕竟，他还真的可以说自己要去做开
颅手术！反正很合理！然后他就可以离开去写东西了。

写作这本书的同时，保罗在《斯坦福医学》上发

表了一篇很出色的短文，主要探讨时间的问题。我也有篇相同主题的文章，就和他的并排在一起。不过，等杂志拿到手，我才看到保罗的文章。读着他的字字句句，我又产生了读《纽约时报》那篇文章时的感受：保罗写的东西，真是令人叫绝。他随便写点什么，都会充满冲击力。但他的选材可不是随随便便的，他专注于写时间，写生病之后时间对于他的意义。这样的主题，让他的文章变得那样尖锐深刻，令人沉痛。

不过，除了主题，我必须要说的是，他的文笔也令人难忘。他的笔尖仿佛有"点石成金"的魔力。

我一再捧读保罗这篇文章，努力去理解他想表达的东西。他的文章如同美妙的音乐，有点加尔威·金耐尔[1]的感觉，几乎可以称之为散文诗了。（"如果有一天／你与爱人／在米拉波桥头／咖啡馆里／镀锌的吧台上／向上的敞开的酒杯里盛着美酒……"这是金耐尔的一首诗，我曾在爱荷华的一家书店听他现场背诵过，全程没有低头看稿。）但保罗的文字中还有别的东西，

---

1. 加尔威·金耐尔（Galway Kinnell，1927—2014）：美国诗人，普利策诗歌奖得主。

来自一片古老的土地，来自镀锌吧台的年代 [1] 之前。几天后，我再次捧读他的文章，终于想明白了：保罗的文字，颇得托马斯·布朗 [2] 的神韵，1642 年，布朗写了《一个医生的信仰》，用的都是古英语的拼写和语法。还是个年轻医生时，我对那本书颇为着迷，总是一读再读，就像一个农民立志要抽干一个泥塘，以完成父辈未竟之事。尽管难于登天，我还是迫切地想探究书中的奥妙，有时沮丧地放到一边，接着又拿起来。我不知道自己能否从书中汲取到什么，但有时我会一字一句地读出声来，感觉里面的确有写给我的东西。我觉得自己似乎缺乏了什么关键的感官，让那些字母无法尽情歌唱，展露它们的意义。无论我多努力，仍然看不透书中的奥义。

那你一定会问了——为什么？为什么我这么不屈不挠？谁在乎《一个医生的信仰》？

嗯，我的偶像威廉·奥斯勒就在乎。奥斯勒是现代医学之父，于 1919 年逝世。他很钟爱这本书，总是

---

1. 此处指加尔威·金耐尔写作那首散文诗的年代。

2. 托马斯·布朗（Thomas Browne，1605—1682）：十七世纪英国博识家。

放在床头柜上，还要求用这本书来陪葬。那时候，我没能从书中悟出奥斯勒悟出的东西。经过多次努力，经过几十年的岁月，这本书的真意终于展现在我眼前。（一个比较新的版本用了现代英语的行文方式，也有助于理解。）我发现，关键是要把内容大声读出来，那种抑扬顿挫的韵律也是至关重要的：

我们身负奇迹而行，却在自身之外寻找奇迹：作为人类摇篮的非洲和她的奇观，都蕴含在我们身体里；我们是自然大胆冒险的造物，研究自然者，如若睿智，则提纲挈领，研究人类足矣，其他人则孜孜以求，埋首于分裂的碎片与浩繁的卷帙。

等你读到保罗这本书的最后一段，大声读出来吧，也会感受到同样的韵律节奏，可能让你情不自禁地跺起脚来打起拍子……但就像读布朗的作品一样，冲动之后，你会掩卷深思。在我看来，保罗，就是布朗的化身。（或者，按照我时间倒转的说法，布朗是保罗·卡拉尼什的化身。是啊，真是让人晕头转向。）

然后，保罗去世了。我去斯坦福的教堂参加了他的追悼会。那是个很华丽的地方，我经常在没人时跑去坐着，欣赏教堂里的光影，享受静谧的一刻，出来的时候总会觉得焕然一新。追悼会那天，教堂里人头攒动。我坐在一边，听保罗最亲密的朋友、他的牧师和他的弟弟讲述一个个关于他的故事，都很动人，也有一些很苦楚。是的，保罗已经去世了，但我有种奇怪的感觉，自己正在慢慢地了解他，这种了解超越了那次在我办公室的会面，超越了他写的那几篇文章。在斯坦福纪念教堂里，他活在这些故事中。高耸的圆顶很适合用来纪念这个男人，他的身体已经化归尘土，形象却依然如此亲切鲜活。他活在美丽的妻子和可爱的小女儿身体里，活在悲痛的双亲与手足心中，活在这教堂里众多好友、同事和过去的病人的表情中。后来户外的招待会上，大家共聚一堂，他也在场。我看到人们脸上带着平静的微笑，仿佛刚刚在教堂中见证了极其优美而深远的事物。也许我脸上也带着同样的表情：在一场追悼仪式上，在一片颂扬称赞之声中，在一起流下的眼泪里，我们找到了生命的意义。而在招待会上，我们喝水解渴，进食果腹，和素未谋面的陌生人交谈，因为保罗，我们有了亲密的联系。这其中，也有着更为深远的意义。

　　然而，一直等到保罗去世两个月后，我终于拿到你现在捧读的这本书时，才感觉自己终于进一步了解了他。能和他做朋友，真是我的福气。读完你即将开始读的这本书后，我坦白，自己实在甘拜下风：他的文字中，有种诚恳正直，让我惊羡不已。

　　做好准备，找个地方坐下，见证勇气的模样。看一看需要多么勇敢，才能如此剖析和袒露自己。但最重要的是，你会见证虽死犹生的奇迹，死去之后，仍然能用你的文字对他人的生命产生深远的影响。当今世界，信息爆炸，我们常常淹没在屏幕中，眼睛牢牢盯着手上那块嗡嗡响的长方形发光体，时时刻刻都在注意着那些碎片化的东西。现在，请你停一停，与我英年早逝的同事进行一次心灵的对话。他虽死去，却永远年轻，永远存在于回忆之中。倾听保罗吧。在他字里行间的沉默中，倾听你自己的回应。他要传递的信息就在书中。我已然明了。我希望你也一样去感受。这是一份礼物。我已经无须在保罗和你之间传话了。

目录
Contents

本书涉及的事件全部基于卡拉尼什医生回忆的真实经历。不过，书中出现的病人均为化名。除此之外，所有医学案例中的细节，比如病人的年龄、性别、种族、职业、家属、住址、病史和（或）诊断，全部进行了修改。卡拉尼什医生的同事、朋友和治疗他的医师也全部为化名，只有一人除外。若因化名和细节修改引起的任何雷同，纯属巧合，无意冒犯。

献给卡迪

For Cady

你在死亡中探究生命的意义，

你见证生前的呼吸化作死后的空气。

新人尚不可知，故旧早已逝去：

躯体有尽时，灵魂无绝期。

读者啊，趁生之欢愉，快与时间同行，

共赴永恒生命！

——富尔克·格雷维尔（布鲁克伯爵）《卡伊利卡》[1]

---

1. 摘自一首十四行诗，写于十七世纪。

序幕

韦伯斯特被死神紧紧抓住，

他看见头皮下的头盖骨；

地底下的无胸生物

没有嘴唇，龇牙一笑，向后退去。

——T.S.艾略特《不朽的私语》

我草草浏览着眼前这些CT片子，诊断结果显而易见：肺上布满了数不清的肿瘤，脊柱变形，一片肝叶完全萎缩。这是癌症，而且已经扩散得很厉害了。我是一名神经外科住院医生，这是我接受培训的最后一年。过去六年来，我已经看过几十套这样的片子，每次都怀着微茫的希望，想帮患者找到某种可能有效的疗法。但眼前这套片子不同：患者是我自己。

我身上穿的不是防辐射服，也不是手术服或白大褂。我穿着一身病服，和一根输液杆"血脉相连"。护士把电脑留在我病房里了。我和妻子露西一起看着上面的片子。她是一名内科医生，现在就守在我身边。我仔细读着每一套片子：肺窗、骨窗、肝窗，从上到下，从左到右，再从前到后，这是培训的"标准动作"，好像我能有什么意外发现，能改变诊断结果。

我和露西一起躺在病床上。

她轻声开了口，像是在念台词："你觉得有没有可能，是别的病？"

"没有。"我说。

我们紧紧拥抱着彼此，就像年轻的情侣。过去这一年，我俩都怀疑过我得了癌症，但一直拒绝相信，甚至都没聊过这件事。

大概六个月前，我的体重开始下降，背上疼痛难忍。早上穿裤子的时候，皮带先是紧了一个扣，接着紧了两个。我去找我的家庭医生，也是我在斯坦福的老同学。她的哥哥是在神经外科住院医生岗位上猝死的，就因为没在意一些病毒感染的征兆，所以她特别关注我的健康状况，像我妈似的。不过，等我到了她的诊室，却发现里面坐着另一个医生。我同学休产假去了，她真的要做妈妈了。

我穿了一件薄薄的蓝色体检服，躺在冰冷的检查台上，向这位新医生描述我的症状。"当然，"我说，"如果这是医生资格考试中的问题，三十五岁，体重莫名其妙地下降，初发性背痛，那明显该选 C——癌症。但也说不定只是我工作太拼命了。我也不知道。想做个核磁共振确定一下。"

"我觉得还是先照 X 光吧。"她说。因为背痛而做核磁共振似乎没有必要，而且最近全国上下都在不断强调，为了节省医疗成本，不要做这种不必要的检查。但医学扫描的价值，要看你找的是什么：X 光基本上是查不出癌症的。不过，很多医生还是觉得，这么早就做核磁共振简直有愧医者之心。她说："X 光是没有那么敏感，但也是个合理的开始。"

"那我们做个屈伸 X 光，看看更现实的诊断是不是峡部裂型腰椎滑脱？"

墙上有面镜子，我能看到她正在谷歌上搜索我说的术语。

"一种椎弓骨折，发病率大概是 5%，年轻人背痛经常是这个原因。"

"好，那我就约你说的那个 X 光。"

"谢谢。"我说。

为什么我穿着白大褂，就说话自带权威，穿着体检服，就这么温良恭俭让了？说实在的，在背痛这件事上，我可比她在行。接受神经外科医生培训时，有一半内容都涉及脊椎的病。不过，也许真的更有可能是脊柱炎。年轻人得这种病的概率是挺高的。而三十多岁脊柱就生了癌？这种概率简直不会超过万分之一。就算这概率再高一百倍，还是高不过脊椎滑脱。搞不好我真的是在自己吓自己。

X 光检查的结果没什么问题。我们把所有症状都归咎于工作太累和身体机能老化。约好了下次治疗的日程安排后，我回去处理了当天的最后一个病例。体重下降得没那么厉害了，后背的疼痛也可以忍受了。每天适量来点布洛芬止痛，也能撑过去了。还有，这种每天工作十四个小时的艰难日子也快要到头了。我马上就要从医学生变成神经外科教授了：十年无情残酷的训练都过来了，我下定决心，要把接下来的十五个月熬过去，圆满结束住院医生的生涯。我已经赢得了前辈的尊重，获得了极负盛名的全国性医学奖项，几所著名大学纷纷向我抛出橄榄枝。最近，我在斯坦福的课程主管找我谈了一次，他说："保罗，我觉得，你不管申请什么工作，肯定都是最优秀的候选人。我就跟你说一声，我们准备找个人加入教职团队，像你这样的。当然，在这儿不能给你什么承诺。不过你应该考虑考虑。"

三十六岁的我已经走上了人生巅峰。眼前就是一片辽阔的"应许之地"[1]，从基列到杰利科，一直延伸到浩瀚的地中海。海上有一艘漂亮的游艇，周末的时候，我、露西，还有假想中的孩子们，驾船出海，共享天伦。可以预见，等工作强度降低，生活稍微轻松些，我的背痛也会减轻。可以预见，我终于能像此前许诺的那样，做个好丈夫了。

---

1. 应许之地：《圣经·旧约》中上帝耶和华应许给犹太人的"流奶与蜜之地"。

接着，几个星期以后，我开始感觉到间歇性发作的严重胸痛。是不是工作的时候撞到什么，肋骨骨折了？偶尔我会在夜里惊醒，大汗淋漓，床单都被浸湿了。体重又开始迅速下降，而且速度更快了，从一百七十五磅[1]急剧跌落到一百四十五磅，还不停地咳嗽。我对自己的病情已经不做他想了。一个周六的午后，露西和我躺在旧金山多洛雷斯公园的阳光下，等着见她的妹妹。她看了一眼我的手机屏幕，上面是医学数据库的搜索结果："三十到四十岁人群癌症发病率"。

"啊？"她说，"我没想到你真的在担心这个。"

我没有回答，也不知道该说什么。

"你想跟我聊聊吗？"她问道。

她生气，是因为她也有过这样的担心；她生气，是因为我都没跟她提过只言片语；她生气，是因为我向她许诺的生活是一回事，给她的，又是另一回事。

"求求你告诉我，为什么不愿意对我说真心话？"

---

[1]. 1 磅约等于 0.454 公斤。

她问道。

我关掉手机。"咱们去买点冰激凌吧。"我说。

*

我们本来安排下周去度假的，到纽约去找几个大学的老朋友。也许一起好好睡一觉，再喝上几杯鸡尾酒，能帮我们俩恢复一下感情，让婚姻的"高压锅"降降压。

但露西别有计划。"我不跟你一起去纽约。"出发几天前，她宣布。她要搬出去住一个星期，想趁这个时间思考一下我们的婚姻状况。她这番话说得很平静，却让我更加头昏脑涨了。

"你说什么？"我说，"不行。"

"我很爱你，所以才感到很困惑，"她说，"但我担心，我俩想从这段关系中得到的东西不一样。我们俩好像没那么心意相通了。我不想无意中发现你担心的事情。我跟你说我自己觉得很孤单，你好像也不当一回事。我得做点不一样的事。"

"一切都会好的，"我说，"都是因为我在做住院医生。"

事情真的这么糟糕了吗？在全世界最为严格和高要求的医学专家门下接受神经外科的训练，的确让我们的婚姻亮起了红灯。多少个夜晚，我很晚才回家，露西已经睡了，而我筋疲力尽地倒在客厅的地上。多少个清晨，天还没亮我就离家去上班了，她却还没睡醒。但现在我俩的事业都正处在高峰期，大多数大学都希望我俩一起去：我进神经外科，露西进内科。这人生之路最艰难的一段我们都熬过来了。这事儿我们不是讨论过很多次了吗？她难道不知道现在闹情绪是最不明智的吗？她难道不知道，我住院医师的生涯只剩最后一年了？她难道不知道我爱她？她难道不知道我们马上就要共同奔赴理想的生活了吗？

"如果只是因为住院医师，我没问题，"她说，"我们都走到这一步了。但问题是，如果不仅仅是因为住院医师呢？你真的觉得，等你成了神经外科主治医师和教授，一切就会好起来吗？"

我提出不去纽约了，大家都用开放的心态，去看看几个月前露西提议的婚姻咨询师。但她坚持说，她需要时间，要一个人待着。当时，我头脑里那种混乱迷惑的嗡嗡声已经消失了，只剩下冰冷坚硬的现实。行，我对自己说，要是她决定离开，那我就认为这段关系应该结束了。如果最后真的诊断出癌症，我也不会告诉她。她可以自由自在地去过自己选择的生活。

动身去纽约之前，我偷偷去看了几次医生，排除了一些年轻人常见的癌症。（睾丸癌？不是。黑色素瘤？不是。白血病？不是。）神经外科一如既往地忙碌，周四晚上一忽儿就到了周五早上，而此时我已经在手术室整整待了三十六个小时，处理一系列非常复杂的病例：巨大的动脉瘤、颅内动脉搭桥、动静脉畸形。主治医生进来的时候我满怀感激地默默舒了口气，至少能靠在墙上松动松动背部的筋骨了。唯一能去照个胸片的时间是离开医院后回家的路上，还有去飞机场之前。我心想，如果我得了癌症，那这就是最后一次见那些朋友了；如果没得，那更没理由取消这次行程了。

我急匆匆地回家拿了行李。露西开车送我去了机场，告诉我她安排了婚姻咨询师。

在登机口，我给她发了一条短信："真希望有你和我一起。"

几分钟后，她回了短信："我爱你。你回来的时候，我会在这里。"

飞行途中，我的背部感觉非常僵硬。等我终于来到纽约中央车站，赶火车去北部我朋友家时，全身都已经痛得不行了。过去几个月，我有过不同程度的背部痉挛，从可以忽略的小疼痛，到痛得我咬着牙说不出话来，再到痛得蜷缩在地上尖叫。这次的痛比较接近最痛的那种。我躺在候车室一张硬邦邦的长椅上，感觉背部肌肉全都扭曲了。我开始深呼吸，试图控制疼痛，反正现在布洛芬也救不了我了。然后每感觉到一块肌肉抽搐，我就背出它的名字，好把眼泪忍回去：竖脊肌、菱形肌、背阔肌、梨状肌……

车站保安走到我身边："先生，您不能躺在这儿。"

"抱歉，"我上气不接下气地吐出几个字，"后……背……抽……痛。"

"您还是不能躺在这儿。"

真的很抱歉，但我得了癌症，要死了。

这些话都到嘴边了，但万一我没得呢？也许那些经常背痛的人就是会有这样的遭遇。我很懂背痛：它的解剖学、它的生理学，还有病人们用来描述不同痛感的不同词汇。但我从不知道背痛的感觉，也许就是这样的，也许。又或许，我不想给自己添霉运，也许我就是不想把"癌症"这两个字说出口。

我努力站起来，蹒跚着走向月台。

到朋友家已经要临近黄昏了。这里在曼哈顿以北八十多公里，是哈得孙河附近的科尔德斯普林。多年来交往的十几个最亲密的朋友全都出来迎接我，他们热情的欢呼中夹杂着快乐的小孩子们吵吵嚷嚷的声音。我跟他们一个接一个地拥抱，不过很快就聊到让我脸色阴沉的事了。

"露西没来？"

"工作上突然有急事，"我说，"快出发了才通知的。"

"哎呀，真扫兴！"

"话说，能不能让我把行李放下休息一下？"

我本来希望能远离手术室几天，睡眠充足，好好休息，多多放松，简单地说，就是过过正常的生活，能让我的症状得到缓解，背痛和疲累都能控制在可以忍受的范围内。但一两天之后，很显然没有任何缓解。

早饭时间我通常都在呼呼大睡，午饭时才摇摇晃晃地走到餐桌前，盯着盘子里满满的豆焖肉和蟹腿，却完全没有胃口。到吃晚饭的时候，我已经筋疲力尽，准备继续睡觉了。有时候我会给孩子们读点故事，但他们一般都在我身上和周围玩耍，一边跳，一边大叫。（"孩子们，我觉得保罗叔叔需要休息。你们到那边去玩好吗？"）我想起十五年前，请了一天假去做夏令营辅导员，坐在北加州的湖岸边，开心的孩子们在玩复杂的夺旗游戏，把我当作障碍物。而我读着一本名为《死亡与哲学》的书。过去，每每想起这很不搭的一幕，我都会发笑：一个二十岁的小伙子，在湖光山色、鸟鸣绿树、四岁孩子嬉闹的一片祥和之中，却埋头于一本关于死亡的黑暗之书。而此时此刻，我才感到命运冥冥中的交会：只是太浩湖[1]换成哈得孙河；陌生的孩子变成朋友的小孩；那本让我和周围一派生机勃勃分离开来的死亡之书，变成我自己行将就木的身体。

第三天晚上，我跟男主人麦克聊了聊，说要提前结束旅程，第二天就回家。

---

1. 太浩湖（Lake Tahoe）：又译作"塔霍湖"。位于美国加利福尼亚州和内华达州边界，是内华达山脉北部断层形成的淡水湖。

"你看上去不是很好，"他说，"没事吧？"

"要不我们拿瓶苏格兰威士忌，然后坐下来聊？"我说。

在他家的壁炉前，我说："麦克，我觉得我得了癌症，而且还不是那种良性的。"

那是我第一次把这话说出口。

"好吧，"他说，"这应该不是什么精心策划的恶作剧吧？"

"不是。"

他顿了顿："我也不知道该问你什么。"

"嗯，可能首先我需要说明，我的癌症还没有确诊。我只是自己比较确定，很多症状都指向癌症。我明天回家就去检查清楚。希望是我错了。"

麦克提出帮我把行李邮寄回家，这样我就不用受累一路拎着了。第二天一早，他开车送我去机场。六小时后，我回到旧金山。刚下飞机，手机就响了。是我的家庭医生，打电话告诉我胸片结果：我的肺部有模糊的阴影，就像曝光时间太长似的。医生说，她不确定这到底意味着什么。

她其实是知道的。

我知道。

露西到机场接我。但一直等回了家，我才把坏消息告诉她。我们坐在沙发上。我开口对她一说，她就知道了。她把头靠在我肩上，我们之间的距离都消失了。

"我需要你。"我轻声低语。

"我永远不会离开你。"她说。

我们给一个好朋友打了电话，请他收治我。他是医院的神经外科主治医生。我拿到了所有病人都必须戴的塑料手环，穿上熟悉的浅蓝色病号服，走过那些我都叫得出名字的护士，住进了一间病房——多年来，我在这里见过成百上千个病人。正是在这间病房里，我坐在病人身边，解释我给出的最终诊断和复杂的手术；正是在这间病房里，我祝贺病人痊愈，见证他们回归正常生活的幸福；正是在这间病房里，我宣布病人死亡。我曾在椅子上坐过，我曾在水槽里洗过手，我曾在通知板上写下过潦草的说明，我曾把日历翻到新的一页。甚至，在完全筋疲力尽时，我还曾经渴望过，可以躺在这床上好好睡一觉。

现在，我就躺在这床上，很清醒。

一个我不认识的年轻护士在门口探进头来。

"医生马上就到。"

于是乎,我想象中的未来,就要实现的未来,那么多年奋斗即将迎来的人生巅峰,都随着这句话消失了。

第一部

当我身强体健时

耶和华的手在我身上，借他的灵带我出去，将我放在布满骸骨的山谷里，使我绕骸骨而行：看啊，这开阔山谷中，骸骨如此之多；神啊，它们多么干枯。

他对我说："人子啊，这些骸骨可复活吗？"

——《圣经·以西结书》[1]

---

1. 原作引用的英文来自詹姆斯国王钦定版。此处为译者根据原书英文翻译。

我曾经斩钉截铁地认为，自己永远也不会成为医生。阳光下，我舒展着身体，躺在一片荒凉的高原上，我家房子就在下面。那天，我那个当医生的叔叔和很多亲戚一样，问即将上大学的我未来想做什么工作，但我没好好回答这个问题。要是有谁非要逼我说出个明确的答案，我可能会说作家吧。但是坦白说，这时候想工作啊事业啊，感觉都挺荒唐的。几个星期以后，我就要离开这个亚利桑那州的小镇了，一点也没有要去闯荡事业、节节高升的感觉，反而像一个忙碌嘈杂的电子，即将达到逃逸速度，要飞向一片陌生而星光闪烁的宇宙。

我躺在尘土之中，阳光笼罩周身，回忆如潮水汹涌而来。这个只有一万五千人口的小镇显得愈发逼仄。而将近一千公里以外，斯坦福大学，我的新宿舍，似乎充满了闪闪发光的希望。

我对医学的了解，大概就是"缺席"，确切地说，是从小到大父亲的缺席。他每天天不亮就去上班，天黑才回家，把盘子里已经冷了的饭菜热一热吃掉。之前我家住在纽约的布朗士区，就在曼哈顿北边，一个人多热闹、富裕优越的郊区。我十岁的时候，和十四岁的哥哥、八岁的弟弟，一起跟着父亲搬到了亚利桑那州的金曼，这个位于两道山脉之间的沙漠谷地。外界对这个小镇，所知最多的，也就是开车经过时，顺道停下来加油的地方。吸引父亲的，是这里灿烂的阳光，当然还有很低的生活成本。不然，他如何实现夙愿，把三个儿子都送到梦寐以求的大学呢？这里还有个好机会，可以亲手创建一个他自己的地区性心脏专科诊所。对病人的尽心尽力与对医学事业的执着，很快让他成为备受尊重的社区成员。有时我们还是能见到他的，一般是深夜或者周末。他总是对我们满含关切的父爱，同时又有严苛的要求。拥抱我们，亲吻我们，又总是语气严厉地对我们进行教育："做第一很容易：找到那个第一名，然后比他多得一分。"他可能在内心对自己有所妥协，做父亲，可以做得"短小精悍"，和孩子们相处时间虽然短，但高强度（又真诚）的爆发完全比得上……比得上其他父亲做的所有事情。而我满脑子想的都是，如果这就是当医生的代价，那简直太高了。

从这个荒凉的高原，我能看到家里的房子，就在市区边缘，瑟巴特山脉脚下，周围是绵延的红岩沙漠，零星点缀着一些牧豆树、风滚草和船桨一样的仙人掌。在这个地方，尘土如恶魔，不知来处，腾旋而起，模糊视线，继而又不知所终。绵延的旷野消失在无穷无尽之处。我家的两条宠物狗，曼克斯和尼普，对这广阔天地的自由自在从未厌倦过。每天，它们都会勇敢地出发，把沙漠新的"馈赠"带回家，比如一条鹿腿，没吃完的长耳野兔的残尸，这些都是存着以后吃的，还有被阳光晒得发白的马头盖骨，以及野狼的颚骨。

我和伙伴们也热爱这里的自由。下午的时候，我们经常四处探索、漫步，到处搜寻动物的骨头和沙漠里少见的溪流。生命的头十年我都是在东北部一个绿化很好的郊区里度过的，主街两旁绿树成荫，糖果店里甜甜蜜蜜，这风沙肆虐的狂野沙漠既奇异又诱人。十岁的我第一次出门远足，发现了一个老旧的用来灌溉管道的箅子，用手指撬开，抬起来，就在我眼前，出现了三张网，像白丝线编织的一样。每张网上都有黑色球状的虫子，迈着细长的腿前进。这些蜘蛛的外壳黑得发亮，体内似乎有个闪亮的血红色沙漏，十分可怕。每只蜘蛛旁边都有一个跳动着的苍白液囊，不断鼓胀，马上就将有无数"黑寡妇"幼虫降临世界。

恐惧袭来，我猛地盖上箅子，踉跄后退。恐惧的原因是多方面的，首先，我学到的"乡村生存知识"告诉我，被黑寡妇蜘蛛咬一口，就别想活命了。还有蜘蛛那种骇人的可怕姿态，黑亮的外壳，体内的血红色沙漏。多年后，这个场景还不时进入我的噩梦中。

沙漠堪称是一个"恐怖万神殿"：毒蛛、狼蛛、提琴背蜘蛛、木蝎子、鞭尾蝎、蜈蚣、菱背响尾蛇、侧进蛇、莫哈维绿蛇，等等。渐渐地，我和它们都熟悉起来，甚至习惯这些小东西的存在。我和伙伴们喜欢以此为乐子，只要找到狼蛛的窝，就逮只蚂蚁丢在窝边，看它在那错综复杂之间挣扎着逃跑，让那绸线一般的蜘蛛丝颤抖起来，延伸到蜘蛛黑洞的中央。蜘蛛会从那空洞里冲出来，逮住那蚂蚁的下颌，后者是必死无疑。我们都很期待紧张刺激的高潮时刻。在我心里，"乡村生存知识"变成我私人版本的都市传说。一开始听别人叮嘱这些事情，那些沙漠里的生物仿佛有无边的魔力，吉拉毒蜥相比真正的魔物戈耳工[1]毫不逊

---

[1] 希腊神话中三个尖牙、蛇发的女妖，美杜莎便是其中之一。——编者注

色。只有在沙漠里生活了一段时间之后，我们才意识到，有些话真的是危言耸听，就像说"鹿角兔子"是真的一样，都是当地人故意编出来骗"城里人"，给自己找找乐子的。

我曾经费了一个小时的口舌，对一群来自柏林的交换生说，仙人掌丛中住着一种特别的野狼，会跳个将近十米去攻击猎物（嗯，就像德国人似的，出其不意，攻其不备）。然而，也没有谁真正知道，那漫天飞沙背后的真相究竟如何。有多少荒诞无稽的乡村知识，就有多少听上去十分真实可信的。比如，穿鞋之前一定要看看里面有没有蝎子，这听上去就是个能保命的好习惯。

十六岁的时候，我开始负责开车送弟弟吉旺去上学。一天早上，像往常一样，我又晚了。吉旺很不耐烦地站在门厅，大喊着说他可不想又因为我动作慢被留堂，所以问我能不能快一点。我用冲刺的速度下了楼，一把推开前门……差点踩到一条正在打盹儿的响尾蛇，差不多有两米长呢。这又涉及一条"乡村生存知识"，如果你在自己门前弄死了一条响尾蛇，它的伴侣和后代就会到原地筑巢，永久扎根，就像戈兰德尔的母亲报杀子之仇[1]。于是我跟吉旺抽签决定，赢的那个就拿铁铲，输的那个戴上厚厚的园艺手套，再拿一个枕头套。一阵庄严又搞笑的"手舞足蹈"之后，我们终于把响尾蛇弄进了枕头套。接着，我使出奥运链球运动员的劲儿，把手上的东西拼命扔到沙漠里去，还计划好下午晚点再去把枕头套捡回来，免得被妈妈发现了挨骂。

*

　　童年时代众多神秘难解的事件中，最主要的并非父亲为什么举家迁到亚利桑那州金曼这个沙漠小镇，反正逐渐长大的我们也越来越喜欢这里了，最让人百思不得其解的是，他是怎么说服妈妈的。这两个相爱的人越过大半个地球，从印度南部私奔到纽约（他是基督教徒，她是印度教徒，他们的结合在两边都受到

---

1. 戈兰德尔的故事出自八世纪的英国史诗《贝奥武甫》。戈兰德尔是一只半人半兽的妖怪，作恶多端，很难除去。后来贝奥武甫杀死了这只野兽，而戈兰德尔的母亲，一只巨大的水怪，决定报仇雪恨，用计将受伤的贝奥武甫引入自己的洞穴，但最终死在贝奥武甫剑下。

谴责，而且导致多年的家庭纷争——母亲的母亲从未承认过我的名字"保罗"，而坚持叫我的中间名"苏希尔"），再到亚利桑那。母亲本来就特别害怕蛇，对蛇有完全克制不住的恐惧，但到这里来就被迫要面对。就算那种最小、最可爱、完全无毒的小红蛇，都能让她尖叫着冲进屋里，锁上所有的门，抄起手边任何尖锐锋利的大家伙，比如耙子、劈刀、斧头什么的。

　　经常出现的蛇总是让她焦虑不已，但母亲最担心的，当然是孩子们的未来。搬来这里之前，我哥哥苏曼就快要高中毕业了，他就读的那所中学在韦斯特切斯特县堪称好大学的"直通车"。搬家到金曼不久，他就被斯坦福录取了，于是很快就离家去读大学了。而我们都知道，金曼不是韦斯特切斯特。妈妈研究了一下莫哈维县公立学校系统，四处走访了一番，变得心烦意乱。最近，美国的人口普查将金曼定性为美国人口接受教育程度最低的地区，高中辍学率比平均水平高出大概30%。能上大学的都是凤毛麟角，当然肯定没有去哈佛的了，而哈佛又恰好是我父亲心中优秀的标准。妈妈打电话给自己那些居住在东海岸富裕郊区的朋友和亲戚征求意见，结果发现有的倒是真心对她表示同情，有的则很高兴——卡拉尼什的孩子们突然接受不了良好的教育了，他们的孩子又少了两个竞争对手。

晚上，妈妈经常默默流泪，独自在床上啜泣。她害怕这里落后的教育条件会让她的孩子变成"废人"，于是不知从哪里找来了"大学学前书单"。她在印度主修的是生理学，二十三岁就结了婚，来到这个陌生的国家，生活的重心完全转移到三个孩子身上，所以书单上很多书她自己也没读过。但她绝不会让自己的孩子输在这上面。十岁的时候，她就让我读《1984》，里面关于性的描写让我震惊不已，然而，也是这样点点滴滴的潜移默化，让我深深地爱上了语言文字。

《1984》之后，我们按照书单，非常系统地读了无数作家的作品：《基督山伯爵》、埃德加·爱伦·坡的作品、《鲁滨孙漂流记》、《艾凡赫》[1]、果戈理的戏剧、《最后的莫希干人》、狄更斯、马克·吐温、简·奥斯丁、《水手比利·巴德》[2]……十二岁的时候，我开始自

---

[1]　英国作家沃尔特·司各特（Walter Scott，1771—1832）的作品。

[2]　美国作家赫尔曼·麦尔维尔（Herman Melville，1819—1891）的作品。

己挑书看了。哥哥苏曼又给我寄来大学里读的书：《君主论》《堂·吉诃德》《老实人》《亚瑟之死》[1]、《贝奥武甫》以及梭罗、萨特、加缪等人的作品，等等。有的印象不深，有的则对我产生了很大的影响。《美丽新世界》[2] 奠定了我初期的道德哲学，还成为我申请大学时论述文的主题，我在文中提出，快乐幸福并非生命的意义。在必经的青春期烦恼中，《哈姆雷特》无数次陪伴着我走过。《致羞涩的情人》[3] 和其他浪漫的诗歌让我和我的朋友在整个高中生涯经历了不少"快乐的倒霉事"。比如，晚上，我们经常偷偷溜出去，在啦啦队队长的窗户下面唱《美国派》。（我们理直气壮地认为，她爸爸是当地一名牧师，不大可能贸然开枪。）搞完这种深夜恶作剧回去的时候，要是被抓住了，我忧心忡忡的母亲就会详细地盘问我是否吸毒，把每种青少年可能吸食的毒品都细细数过一遍。但她从未意识到，于我而言，毒品没有吸引力，最最令人上瘾的，是上

---

1. 英国作家托马斯·马洛礼（Thomas Malory，1395—1471）的作品。

2. 英国作家阿道司·赫胥黎（Aldous Huxley，1894—1963）的作品。

3. 英国作家安德鲁·马维尔（Andrew Marvell，1621—1678）的作品。

周她递给我的那套浪漫诗歌选集。书籍成为我最形影不离的密友，就像精心制作的镜头，为我展开新世界的大好风景。

为了让自己的孩子都受到良好的教育，妈妈开车带我们来到位于金曼北边将近两百公里，也是离金曼最近的大城市拉斯维加斯，我们在那里进行了"学业能力倾向初步测验"（PSAT）、"学术能力评估测试"（SAT）和"大学入学考试"（ACT）。她加入学校董事会，重整了教师队伍，要求课程设置加入大学预修课程（AP）。她在这方面实在太出色了，视改革金曼教育系统为己任，并且付诸实践。突然间，我们那所高中就感觉视野开阔了，不再局限于那两道山脊之间，而是翻山越岭，向外探索。

我高中最好的朋友叫里奥，也是毕业典礼上的学生致辞代表和我认识的家里最穷的孩子。高中最后一年，学校辅导员建议他："你很聪明，应该去参军。"

之后他跟我说起这事。"去他的，"他说，"要是你会去上哈佛、耶鲁或者斯坦福，我也要去。"

我去了斯坦福，里奥去了耶鲁。这两件事带给我的喜悦程度实在不分伯仲。

暑假过去了。斯坦福开学比其他大学都要晚一个月，所以我的朋友全都四散而去，把我一个人留了下来。很多个下午，我都独自深入沙漠，找个地方打个小盹儿，等着我的女朋友艾比盖尔从金曼唯一的咖啡馆下班。沙漠是穿过山野进入城镇的捷径，徒步也远比驾车来得有趣。艾比盖尔二十出头，就读于斯克里普斯学院。她不想申请助学贷款，所以休学一个学期，好存点学费。她身上那种世俗气深深吸引了我。她知道的那些秘密，只有大学生才知道。她还上过心理学的课呢！我们经常在她下班以后见面。她就是甜蜜爱情与美好生活的先兆，是几个星期后我即将进入的新世界的预告。一天下午，我打盹儿醒来，抬头一看，几只兀鹫在我头顶盘旋，可能错把我当成了一具尸体。我看了看表，快三点了，要迟到了。我拍拍牛仔裤上的尘土，一路小跑着穿越沙漠，直到黄沙尽头，抵达道路起点，建筑开始映入眼帘，我跑到街角，看到艾比盖尔手里拿着一把扫帚，在清扫咖啡馆外面的地板。

"浓缩咖啡机我已经洗了，"她说，"所以你今天没有冰咖啡喝啦。"

她扫完地，我们就到里面去了。艾比盖尔走到收银机那儿，拿起一本她放在那儿的平装书。"拿着，"她朝我扔过来，"这本书你该看看的。你一直在读那些特别有文化的破书，怎么就不可以看看低级趣味的东西？"

那是一本五百页的小说，《撒旦：不幸的卡斯勒医生的心理疗法与治愈》，作者杰里米·莱文[1]。我把书拿回家，一天就看完了。这书没什么内涵，本应该很有趣的，但真的没什么意思。不过里面倒是漫不经心地提出了一个假设：思想不过就是大脑运转的产物。我被这个想法震撼了，甚至动摇了我对这个世界幼稚的理解。当然这个假说一定是正确的，否则要我们的大脑干什么用呢？尽管我们拥有自由的意志，但仍然是有机生物体，大脑是我们的器官，也遵循一切物理定律！文学是人类的一大财富和意义，而通过某种方式实现文学价值的，就是大脑这个机器。这真是神奇的魔法。那天晚上，在自己房间里，我打开已经翻来覆去看过好几十遍的红色斯坦福课程总目录，手里拿着

---

1. 杰里米·莱文（Jeremy Leven）：印度裔美国导演、剧作家、小说家。

一支荧光笔。之前我已经标记了很多文学课程。现在，我开始寻找生物和神经系统科学的相关课程了。

*

几年后，我仍然没怎么去想工作和事业，但已经快要拿到英语文学和人体生物学的学位了。我学习的最大动力，不是成就感，而是一种求知欲，我非常认真地想要探究，是什么让人类的生命充满意义？我仍然认为，文学是精神生活的最高境界，而神经科学中则蕴藏了大脑最为优雅的规律。"意义"这个概念，很是让人捉摸不定，但也难以和人与人之间的关系以及道德价值观割裂开来。T.S. 艾略特的《荒原》中就有令人难忘的诗句，深刻地表明了孤独隔绝的生活没有意义，以及对人情纽带的强烈渴望。艾略特那些比喻也渗透进我自己的写作语言。其他作家也让我产生共鸣。比如纳博科夫，他清醒地意识到，自己遭遇世事变迁之后，会对别人的遭遇麻木无情。康拉德，他坚定地认为人与人之间错误的交流沟通会对他们的生活产生深刻的影响。在我眼里，文学不仅描写了别人的生活，还为我们提供了道德反思最丰富的资料。我几次试图涉足分析哲学中的形式伦理学 [1]，但发现它们非常枯燥，没有那种乱糟糟的兴奋感，也没有真实生活的分量。

大学生涯中，我对人生意义进行的研究，一直非常学术，如同僧侣修道。而形成这种意义的，恰恰是人与人之间的关系，我想要去建立和加强这种关系，就和我的研究方式发生了冲突。如果说没有自省的人生不值得过 [2]，那么没有真正活过的人生还值得自省吗？大二的暑假快到了，我申请了两份工作：一个是在科学氛围浓厚的亚特兰大国家灵长类研究中心做实习研究员；一个是在塞拉高山营厨房打下手。塞拉高山营是一个斯坦福校友的家庭度假营地，在原始高山湖落叶湖的岸边，紧临埃尔多拉多国家森林公园的荒芜原野保护区，可以饱览荒凉空旷之美。关于这个营地，有很多文学描写，看上去我会度过一生中最棒的暑假。说实话，申请成功的时候，我真是受宠若惊。不过，

---

1. 分析哲学（Analytic philosophy）：一个哲学流派，代表人物有弗雷格、罗素、维特根斯坦等。

2. 这是苏格拉底的一句名言，"The unexamined life is not worth living"，一般译为"浑浑噩噩的生活不值得过"。

我又了解到，猕猴已经有了初级的文化形式，这让我十分想去灵长类研究中心一探生命意义的自然起源。换句话说，我要么去研究生命的意义，要么就去亲自经历和体验生命的意义。

我犹豫了很久，拖延到最后时刻，才选择了营地的工作。之后，我到生物系指导老师的办公室去告诉他自己的决定。进门的时候，他正坐在办公桌前，和往常一样，埋头于一本学术期刊。这个眼袋很重的男人平时很安静，和蔼可亲。不过，我跟他说了自己的暑假计划以后，他完全变了个人：双目圆睁，脸迅速涨红了，开始唾沫飞溅地教训我。

"什么？"他说，"你以后是想当科学家还是……厨子？"

期末还是来了，我迎着山路上的风，走向营地，心里还是有点担心这一步是不是走错了，走偏了。然而，我的怀疑很快就烟消云散。营地真是名副其实，好一派年轻人畅想中的田园美景：湖、山、人都美不胜收；经历、对话与友谊实在是丰富多彩。满月的夜晚，月光洒满旷野，不戴头灯也能远足。我们从凌晨两点起程，赶在日出前爬到附近的塔拉克峰。布满星星的晴朗夜空，倒映在脚下广阔深邃、水平如镜的湖中。在海拔三千多米的高峰，我们穿着睡袋相互偎依。有人很贴心地带了热咖啡，驱散了狂风带来的刺骨寒意。接着我们就静静地坐着，看一抹轻微的天蓝从东方地平线微微显露，这是太阳的先遣队，慢慢擦去了闪烁的星星。天光渐明，天空升得高远辽阔，接着第一缕阳光便现身了。远处南太浩湖边的道路上，清早通勤的人们渐次增多，一日之计，生机初现。然而，转过头，还能看见退去一半却依旧徘徊在空中的深蓝夜幕，据守西天，不肯离去，空中依然星光闪烁，满月还是悬挂天边。东边已是青天白日，阳光扑面而来，西边的黑夜却毫无屈服之意。黑夜与白天的分界，这景象如此崇高伟大，大概没有哲学家能很好地用言语来解释。每当此时，就仿佛上帝在说："要有光！"在高山、大地、宇宙这无限的辽远广阔之中，你情不自禁地觉得自己是渺小的一粒微尘，然而还是能感觉自己的双脚踩在大地上，确信自己存在于这庄严宏伟的天地之间。

这就是塞拉高山营的暑假。这里也许和其他高山营地没什么不同，但我每一天都觉得充实美好，生机勃勃。我和不同的人与事物建立联系，赋予自己生命丰富的意义。某些夜晚，我们一堆人会围坐在餐厅桌边，和营地的助理主管同饮威士忌。他叫莫，是斯坦福校友，暂时休学的英文博士。我们畅谈文学，畅谈壮年人生各种沉甸甸的责任。第二年他回去读博士，后来寄给我自己发表的第一部短篇，写的就是我们共度的那段时光：

此时此刻，电光石火，我明白了自己想要什么。我希望这里的工作人员能堆起柴堆……让我的骨灰在风中飘落，与沙尘混杂；让我的尸骨随浮木一起漂流；让我的牙齿消隐在沙土之间……我不相信孩子或长者的智慧。当下便是风口浪尖，人生积累的经验，被生存的细节磨损消耗。专注于当下的生活便是最高等的智慧。

*

回到校园以后，我也没有过多思念山中的岁月。校园生活丰富充实，接下来的两年我也一直坚持探索，致力于更深入地了解精神世界。我学习文学与哲学，探究生活的意义；我学习神经科学，在一个功能磁共振成像（fMRI）实验室工作，了解大脑的运行机制，比如如何赋予一个有机体探索世界深意的能力，如何让我和一群亲密的朋友通过恶作剧加深友情。我们打扮成蒙古人，突袭学校食堂；我们建立了一个完全虚假的兄弟会，找了间房子，开展了一系列装模作样的开学活动；我们装扮成大猩猩，在白金汉宫门前搔首弄姿；我们午夜闯入大学纪念教堂，躺在地上，听我们的声音在拱顶之间回荡……如此种种，不一而足。（不过，接着我就读到弗吉尼亚·伍尔夫曾经乔装成阿比西亚皇室成员登上一艘军舰的轶事，再加上旁人的斥责，也就停止大肆吹嘘我们那些微不足道的小把戏了。）

　　大学最后一年，神经科学课程快上完了，有一堂课讲神经科学与伦理学，我们去了一所疗养院，专门接收大脑受到严重创伤的人。一走进接待区，就听到一阵忧伤的哭号。女引导员三十多岁，亲切友好，向大家做了自我介绍。但我一直在搜寻哭号的来源。接待处的柜台后面有一台大屏幕电视，放着肥皂剧，但电视是静音状态。屏幕上有个蓝眼睛、浅黑肤色的女人，她的头发精心修饰过，有些激动地晃着头，哀求着画面外的某个人。镜头拉远，原来是她的情人，大大的下巴，一看就是那种声音沙哑粗重的男人。他们激情相拥。哭号声更大了。我走到近旁，往柜台下面看，电视机前铺着一块蓝色垫子，上面坐着个年轻女人，穿着家常的印花裙子，二十岁左右，双手握拳，压在眼睛上，身子剧烈地来回摇晃，哭啊哭啊哭啊。随着她的摇晃，我瞥见她的后脑勺，那里没有头发，只剩下一大片光秃秃的苍白头皮。

大家要去参观疗养院的其他地方了，我赶紧归队。和引导员谈起来，我才知道，住在这里的很多人小时候都有过差点被淹死的经历。我环视四周，发现除了我们没有其他外人来访。我不禁问她是不是通常都如此。

引导员解释说，病人刚送来的时候，家人会经常来，有的每天都来，有的甚至一天两次。然后可能慢慢变成隔天来一次。后来就只有周末才来了。时间长了，过几个月才来，甚至几年才来看一次。反正次数是逐渐减少的，可能每年就是在病人的生日和圣诞节，象征性地来探望一下。最后，大多数家人都搬家了，似乎离得越远越好。

"我不怪他们，"她说，"照顾这些孩子很难的。"

我胸中怒气翻滚。难？当然很难啊，但那些做父母的，怎么能抛弃这些孩子呢？一间房里，病人们都躺在简易床上，几乎一动不动，整整齐齐躺成一排，像营房里的士兵。我顺着一排小床走，突然和其中一个病人四目相对。她看上去十几岁，快满二十的样子，一头黑发蓬乱纠结。我停下来，努力朝她微笑，想告诉她我是关心他们的。我握住她的一只手，软塌塌的，原来有残疾。但她喉咙里咕噜一声，直视着我，露出微笑。

"我觉得她笑了。"我对看护说。

"可能是，"她说，"有时候也说不清楚。"

但我很肯定，她是在笑。

回到学校，大家都走了，教室里只剩下我和教授。"嗯，你有什么想法？"他问。

我一股脑儿地把心里想的全说出来了，说我完全无法相信那些父母就这样把可怜的孩子抛弃了，也无法相信有个孩子竟然朝我笑了。

这位教授是一位良师益友，他对于科学和道德之间的联系有很深邃的思考。我满心以为他和我想法一致。

"是啊，"他说，"很好，你这么想很好。但有时候，嗯，我觉得他们死了倒还好些。"

我抓起书包，扬长而去。

她明明笑了啊，是不是？

大脑使我们拥有与他人建立关系的能力，人生也因之充满意义。但是后来我意识到，这次活动让我对大脑作用的理解又增添了一个新的维度：有时候，大脑也会破坏这种能力。

*

不久就要毕业了，我却有种坐立不安的感觉，似乎有很多问题还没解决，我还有很多东西要学习。我申请了斯坦福的英语文学硕士，被录取了。我已经把语言视作一种近乎超自然的力量，存在于人与人之间，让我们那一厘米厚头盖骨下隐藏的大脑沟通共享。只有在人与人之间，一个单词才有意义。而生命是否有

意义，某种程度上要看我们建立的关系的深度。就是
人类的关联性加强了生命的意义。不过，不知怎么地，
这个过程存在于大脑和身体里，也受生理原因的驱使，
可能被打破，可能会失败。我一直在思考，我们所经
历的人生的"语言"，比如激情、饥饿与爱，一定通过
某种方式，与神经元、消化道和心脏的跳动产生联系，
不管这联系多么错综复杂。

在斯坦福，我很幸运地师从理查德·罗蒂[1]，他大概
是同时代在世哲学家中最伟大的一位。在他的指导下，
我开始看清构建语汇系统的所有原则，并掌握一系列
工具，能用特定的方法、从特定的角度去理解人类的
生命。伟大的文学作品能提供属于它本身的工具，吸
引和催促读者去运用它们的语汇系统。我的论文研究
的是沃尔特·惠特曼的作品。一个世纪前，这位诗人
也和我一样，被同样的问题缠绕困扰，上下求索，努
力去理解和描述他所说的"生理与精神共存之人"。

论文收尾，我只得出一个结论：和我们一样，惠

---

[1]　理查德·罗蒂（Richard Rorty, 1931—2007）：当代美国最有影响力的哲学家、思想家之一，也是美国新实用主义哲学的主要代表之一。

特曼也没能建立一个连贯完整的"生理与精神共存"的语汇系统。不过，至少他失败的各种方式都很有启发性。我也越来越确定，自己已经不想继续文学研究了，因为我猛然意识到，文学研究主要关注的很多东西，都太政治化，而且反科学。我的一位论文导师说，我想在文学界为自己找到一个圈子是很难的，因为，大多数英语文学博士对科学的反应，"就像猿猴看到火，特别恐惧"。我有点找不到人生的方向了。我的论文《惠特曼和人格的医疗化》收获了好评，但太"异端"了，精神病学与神经科学历史的内容和文学批评所占比例一样多。这篇文章在英语系显得格格不入，我也是。

我大学里最好的一些朋友准备前往纽约，开始混艺术圈，有的去演喜剧，有的去做记者、搞电视。我也曾简单考虑过和他们一起，从头开始新生活。但我还是放不下那个问题：生理、道德、文学和哲学，在什么地方相融交会？一天下午，橄榄球比赛后，我步行回家，秋日的微风中，任由思绪飘散。花园里的奥

古斯丁 [1] 教导我们手不释卷，"捧起书本阅读"，我听到的声音却发出完全相悖的召唤："放下书，弃文从医。"突然间，一切都明朗起来。虽然（或者说因为）我父亲、叔叔和哥哥都是医生，但我从来没认真考虑过从医的可能。但惠特曼本人不是也写过，只有医师才能真正理解"生理与精神并存的人"吗？

第二天，我找到医学预科班的指导老师，询问了一下必要的流程。上医学院之前，需要大概一年高强度的学习来准备，再加上申请的时间，又多了十八个月。那就意味着，我的朋友们都去纽约了，继续去加强各种各样的关系，而我不在其中；也意味着，要把文学放置一旁。但这也给了我新的机会，可以找到书里找不到的答案，寻觅另一种方式的崇高，和那些备受煎熬的人建立联系，在直面死亡与衰弱的同时，继续追寻"什么让人生有意义"的问题。

我开始学习必修的医学院预科课程，恶补化学和物理。我不想去做兼职，这样会拖慢学习的速度，但

---

1. 奥古斯丁（Aurelius Augustinus，354—430）：古罗马帝国时期天主教思想家。

又付不起帕洛阿尔托[1]的房租，于是找了间窗户开着的空宿舍，爬了进去。蜗居几个星期后，我被管理员发现了，她居然是我的一个朋友。她给了我房间钥匙，还提供了相当有用的信息，比如高中女啦啦队员们什么时候会来参加夏令营之类的。我当然不想留性犯罪的案底。时间一到，我就带上一个帐篷，几本书和早餐麦片，来到太浩湖，等安全了再回去。

医学院的申请流程要持续十八个月。课一上完，我就有了一年空闲的时间。好几个教授都建议我，在完全脱离学术界之前，可以再读一个科学医药历史与哲学的学位。于是我就申请了剑桥的科学史与哲学专业，也被录取了。接下来的一年，我都在英伦乡间的教室里度过。我越来越强烈地认为，要对生与死的问题有实质性的道德意见，关键在于对其有直接体验。我开始觉得言语和言说时呼出的空气一样，轻飘飘的。一番审视和反省之后，我意识到，自己仅仅是在确认已经明确的事实：我想要直接的体验。只有从医，我

---

1. 帕洛阿尔托（Palo Alto）：位于美国加州旧金山湾区，硅谷很多科技公司的总部就位于此地。是美国生活成本最高的城市之一。

才能追寻严肃的生理哲学。从道德的角度来讲，比起行动，思考实在是微不足道。我完成学位攻读，回到美国。我要去耶鲁医学院了。

*

你也许会觉得，第一次解剖尸体，大概会有点滑稽。然而，奇怪的是，我觉得一切都特别正常和自然。明晃晃的手术灯、不锈钢的解剖台和戴着领结的教授们都带着一种庄严的礼节。即便如此，从颈背一直割到腰背的第一刀，也是永生难忘的。

手术刀很锋利，感觉不是割开皮肤，只是拉开一个顺滑的拉链，皮囊包裹之下本无从得见的筋骨展露在眼前。就算之前做了很多准备，你仍然会有种出其不意的感觉，羞愧与兴奋并存。尸体解剖是医学生的重大仪式，但也侵犯了圣洁的神明，令人刹那间百感交集：嫌恶、愉悦、恶心、沮丧与敬畏；然而时日长久之后，这只不过是枯燥沉闷的课堂练习。一切都仿佛在跷跷板上忽高忽低，有时悲痛感伤到无以复加，有时又想些琐碎平常的小事。你看看你，突破了最基本的社会禁忌，但手术室里的甲醛[1]能让人胃口大开，所以又特别想吃个玉米卷饼。最终，当你分离出正中神经，把骨盆锯成两半，将心脏切开并暴露其内部结构，完成任务之后，心里想的就完全是那些小事了：侵犯圣洁的神明又如何？这就是医学院课堂的常态啊。班上也有书呆子，有开心果，有和常人别无二致的同学。很多人认为，正是尸体解剖，将有着正常人悲欢情绪与恭敬礼貌的学生，转变成冷酷无情、傲慢自大的医生。

医学的道德使命中所包含的这种"恶念"，使我在医学院的早期生涯中体验到了严重失控的感觉。尸体解剖之前，第一天是心肺复苏训练，也是我的第二次训练。第一次是在本科的时候，当时场面很滑稽，很不严肃，大家都嬉皮笑脸的。教学视频粗制滥造，用来练习的塑料模特连手脚都没有，真是假得不能再假了。然而，现在，这些东西我们某一天可能真的用得上，气氛完全变了，人人都跃跃欲试。我不断用手掌

---

1. 手术室一般需要甲醛蒸气消毒。

按压着一个小小的塑料小孩的胸廓，耳边是同学们有一搭没一搭的笑话，但不由得还是听到孩子的肋骨被我不小心弄断了。

尸体解剖则恰恰相反。心肺复苏用的假模特，你假装那是真的，而尸体解剖用的真尸体，你却要假装那是假的。但第一天的时候，你就是做不到。我面对的属于自己的那具尸体，有点发青，有点肿胀，但他曾经是个活生生的人，已经死亡，这样的事实无可否认。一想到接下来的四个月，我将用一把钢锯给这男人的脑袋做个对角线平分，我就觉得良心深受谴责。

这就轮到众位解剖学教授出场了。他们建议我们，好好看一眼尸体的脸，然后用布盖上，这样更容易下手。我们不断深呼吸，眼神里带着认真与热切，准备割开尸体的头。恰好一个外科医生过来聊天，他斜着身子，胳膊肘就撑在尸体的脸上。他指着光溜溜的尸体躯干上好几处瘢痕和伤疤，为我们重建了这个人的历史。这条伤疤，来自腹股沟疝气手术；这条来自颈动脉内膜切除手术；这些瘢痕，是他不断抓挠留下的；病人生前可能有黄疸，胆红素很高；他可能是得了胰腺癌去世的，不过没有相关手术的伤疤，也许是疾病进展太快，以至于没来得及动手术。他滔滔不绝地讲着，我的眼睛却离不开他的胳膊肘。每说一条新的医学假设，教一点新的医学词汇，他的胳膊肘就在尸体被遮住的脸上挪来挪去。我在心里默念：脸盲症，一种神经病性障碍，患者对人脸会失去辨别能力。要不了多久，当我钢锯在手，我也会得这种病。

因为，几个星期后，情绪上的大起大落就逐渐消散了。我发现，跟非医学生聊天，讲有关尸体的事情时，我会强调这事有多怪异，多可怕，多荒谬可笑，好像要明白无误地告诉他们：看，虽然我每周六个小时都在切割尸体，但我是正常人。有时候我会跟他们讲，有一次上课，我回过身，看到一个平时用的马克杯上都会有大团大团彩漆的女同学，正开开心心地用锤子和凿子凿进一具女尸的脊椎骨，碎片在空中四处飞溅。我讲这个故事，就是想和这样的人划清界限。但我身在其中，无处可逃。毕竟，我刚刚不也在急切地用一对手术钳分离一个男人胸腔内的各器官和组织吗？就算这具尸体的脸被蒙住，无名无姓，你还是能感觉他们身为人的特性扑面而来。我打开尸体的胃，发现两片还未消化的吗啡，这说明他是在痛苦中死去的。也许当时正孤身一人，手忙脚乱地抓着药瓶。

当然，活着的时候，这些病人是自愿免费捐献遗体的——对眼前这些尸体的指称也很快变成这种现实的反映。我们不准许再用"尸体"来称呼他们，最好说"捐献者"。当然，如今的解剖课堂比过去那些黑暗的年代进步很多了。（首先，现在的学生不用像十九世纪那样，自己带尸体来。挖坟偷尸之举，各医学院校也不再认同。虽然挖坟等同于抢劫，但相比直接谋杀已经是巨大进步了。后者曾经特别流行，甚至有个词应运而生，"burke"，《牛津英语词典》上的解释是："用勒颈或使人窒息的方式秘密杀人，或为了将受害者尸体卖为解剖之用而秘密杀人。"）然而，知道个中细节最多的人，也就是医生们，就极少捐献自己的遗体。那捐献者们到底又知道多少呢？一位解剖学教授对我说："如果描述血淋淋的细节会让病人打消捐献的念头，那你一个字都不能说。"

不过这只是一个解剖学教授说的话，捐献者们知道的信息应该还是足够多的。不过就算他们知道了，真正感到屈辱的，不是这些最终被解剖的人，而是他们的亲属。你想想，你的母亲、你的父亲、你的祖父母，被一群插科打诨的二十二岁医学生给大卸八块。每次我读实验前的计划，看到"骨锯"这一类的词汇，都会想，这堂课上我是不是最终会吐出来。然而，真正走进实验室，我却很少烦恼，就算发现此前令我坐立不安的"骨锯"不过就是一把生锈的普通木头锯子。有一次我真的快吐了，但离实验室很远，那是在纽约，我给去世二十周年的祖母扫墓。当时我情不自禁地弯下腰，几乎要哭了，不停地道歉，不是对我曾经解剖过的尸体，而是对那具尸体的孙辈。事实上，就在我们实验的过程中，有位儿子就希望把他母亲解剖到一半的尸体要回去。是的，母亲是签了同意书的，但儿子接受不了。我觉得我也和他一样。（尸体最后还给他了。）

在解剖室，死者被物化，真正被分解成器官、组织、神经、肌肉。第一天，你的确无法否认尸体身上的人性。然而，等到你给他们的手脚剥了皮，割开碍事的肌肉，拿出肺脏，剖开心脏，摘掉肝的一叶，你很难再说这一堆东西是"人"了。最终，你会觉得，与其说尸体解剖是对神明的冒犯，倒不如说这是欢乐时光中一件不那么愉快的事情。这种意识令人产生挫败感。少有的几次反思中，我们也会默默地向尸体道歉，并非出于罪恶感，而是出于我们没有罪恶感。

然而，这也不是简单的罪恶。不仅尸体解剖，医学的一切，都是对神圣的冒犯。医生们以一切可以想象得到的方式入侵人体。他们看到了人最脆弱、最恐惧、最私密的部分。他们治愈病人，护送他们重新回到滚滚红尘，自己却转身离开。将尸体看作平常的物件和机器，目的是为了缓解人类最深的痛苦。出于同样的原因，死后的肉身仅仅被视为教学用具，也是人类最深刻的痛苦。解剖学教授大概是这种关联的终结者，当然了，他们与尸体的关联则继续保持着。此前有一次，我在捐赠者的横膈膜上划了长长的一刀，就为了快点找到脾动脉，搞得在场的学监既生气又惊骇。不是因为我破坏了重要的组织结构，没搞清楚基本的概念，或者搞砸了未来的解剖，而是因为我做这一切时如此漫不经心。他脸上那种表情，那种无法用语言表达的忧伤，比任何讲座都更深刻地让我理解到医学的真谛。我解释说，是一个解剖学教授让我这么做的，学监的悲伤变成狂怒，一些教授突然涨红了脸，被学监拖到走廊上去了。

其他时候，这种割舍不下的联系要简单很多。一次，教授给我们展示捐献者罹患胰腺癌之后留下的满目疮痍，问："这人多大年纪？"

"七十四。"我们回答。

"我也是。"他说着，放下激光笔，走开了。

医学院的经历，让我加深了对意义、生命与死亡三者关系的理解，变得更为敏锐。我亲眼见证了自己读本科时写下的那些与人性关联的文字，在医患关系中变成了现实。作为医学生，我们在照顾患者的工作中直面死亡与痛苦，而同时又不用承担责任，虽然我们深知责任之重大。医学院的头两年，基本上就是上课、社交、学习和阅读，就是在继续本科的生活而已。然而，我在医学院的第一年认识了女友露西（就是我后来的妻子），她能看透学术生活究竟意味着什么。她内心的爱几乎无穷无尽，这也教会了我一些东西。有一天，她在我公寓的沙发上，研究着心电图的那些波动起伏，经过冥思苦想后，她正确地指出了其中致命的心律不齐的状况。然后她忽然明白过来了，并在一瞬间流下了眼泪：从这张不知从何而来的"练习用"

心电图可以看出，这位病人已经不在人世了。纸上这些弯弯曲曲的线条，不只是简单的线条，它代表着从心室颤动到心脏停跳的全过程，这些会让看懂的人心痛落泪。

露西和我在耶鲁医学院上学时，谢普·纽兰德[1]还在开课，但当时我只是拜读过他的一些作品。纽兰德是著名的外科医生兼哲学家，写了一本极具开创性的书，探讨死亡，名为《我们如何死去》，在我读高中时出版。但一直到进了医学院，我才得以捧读此书。在我读过的书里，少有像这本一样，能直接而全面地指出生存的基本事实：一切生物，不管是金鱼，还是可爱的小孩，都难逃一死。晚上，我在房间里聚精会神地拜读这本书，印象最深的是他对祖母病情的描述，一件事情竟然能如此淋漓尽致地展现身体上、医学上和精神上的混杂纠葛。纽兰德回忆起孩提时代常常玩的一个游戏——伸出手指去戳祖母的皮肤，看什么时候才能恢复原状。这是她慢慢变老的一个征兆。后来

---

1. 谢普·纽兰德（Shep Nuland）：耶鲁大学临床外科教授。

祖母又新添了气短的毛病，这些都说明她"逐渐走向充血性心力衰竭……老化的血液从老化的肺的老化组织中所摄取的氧气总量大大减少"。但"最明显的是"，他接着写道，"是她慢慢失去了生命力……祖母停止了祷告，也基本上停止了其他所有事情"。祖母因为中风最终去世时，纽兰德想起托马斯·布朗爵士的《一个医生的信仰》："我们无从得知降生世上将遭遇怎样的冲突与痛苦，但通常来说我们很难脱身其外。"

　　我花了那么多时间，在斯坦福研究文学，在剑桥探索医学史，想要对死亡的特性有更好的了解，结果却更觉疏离，始终懵懵懂懂，不得其道。而纽兰德的描述，才让我"绝知此事要躬行"。我转而学医，就是想去探寻死亡的双重神秘。死亡既带着浓烈的个人色彩，同时又丝毫不带个人色彩。这种截然相反的特性，无论从死亡的体验上，还是从其生理表现上，都表现得很充分。

　　我记得，纽兰德在《我们如何死去》的开头，写了一个年轻的医学生，独自待在手术室，面对一个心跳停止的病人。绝望之下，他切开病人的胸骨，直接用手按压心脏，期望使之恢复跳动。病人最终撒手人寰，最后纽兰德的导师找到了他，发现他浑身是血，垂头丧气。

我进医学院的时候，情况已然不同。上述的场景完全不可想象。作为医学生，我们很少有机会碰触病人，更别说给他们开胸了。不过，没有改变的，是在鲜血和沮丧之间极富英雄主义精神的责任感。在我看来，这才是一个医生真正的形象。

我第一次见证出生，也是第一次见证死亡。当时我刚刚通过执业医师执照（USMLE）的第一阶段考试。整整两年，我高强度地学习，埋在书山之中，扎进图书馆，在咖啡馆聚精会神地看课堂笔记，躺在床上也不忘看自制的学习卡。而接下来的两年，我将奔波在医院和诊所，终于可以把那些理论知识付诸实践，去缓解真正的病痛。我的首要关注对象，终于要变成病人，而不是那些抽象的知识了。我的实习从妇产科开始，在产房上大夜班。

日落时分，我走进医院大楼，努力回忆分娩的各个阶段和相应的子宫颈扩张程度，孩子在往外钻时各个位置的名字，反正只要关键时刻能派上用场的，我都要想个遍。我这个医学生的任务就是观察学习，不要碍手碍脚。我的老师们，主要是那些已经读完医学院，并且选好专业、完成培训的住院医生，以及有着多年临床经验的护士。但我心中仍有恐惧如影随形，如同不安分的小鸟扑闪着翅膀。我害怕在某种情况下——出于意外或他人的期望——由我来负责接生，然后我失败了。

我来到医生休息室，打算见一下住院医生。走进去后，看到一个深色头发的年轻女人，躺在沙发上，大嚼着一块三明治，同时一边看电视，一边读着期刊上的文章。我做了自我介绍。

"哦，好，"她说，"我是梅丽莎。需要我的话，到这儿或者值班室来找我。嗯，你最好注意一下那个叫加西亚的病人，二十二岁，先兆早产，怀的还是双胞胎。其他人都还挺正常的。"

梅丽莎一边大口咬着三明治，一边向我简要介绍了一下情况，信息真是很密集：双胞胎还只有二十三周半大；希望能尽量帮她保胎，不管能保多久，以便让胎儿发育得更成熟一些；至少要超过二十四周，这是培养胎儿生存能力的关键时期，之后的每一天都会好很多；给病人用了很多抑制宫缩的药物。这时，梅丽莎的呼机响了。

"好，"她双腿晃荡着从沙发上落了地，"我要走了。你要是愿意，就在这儿待会儿。能收到很多不错的有线电视频道。要么你就跟我来。"

我跟着梅丽莎来到护士站。一面墙上全是显示器，显示着密密麻麻的遥测曲线。

"那是什么？"我问。

"子宫分娩力计输出的图像和胎儿的心率。我带你去看看病人。她听不懂英语。你会说西班牙语吗？"

我摇摇头。梅丽莎把我带到病房，很昏暗。准妈妈躺在床上休息，很安静，各种各样的传感器缠在肚皮上，监测她的宫缩情况和双胞胎的心率，将信号传输到我刚才在护士站看到的屏幕上。准爸爸站在窗边，握着妻子的手，忧虑地紧皱着眉头。梅丽莎用西班牙语朝他们小声说了几句话，然后拉着我出去了。

接下来的几个小时，天下太平，一切顺利。梅丽莎在休息室睡着了。我努力辨认加西亚病历上那些难以辨认的潦草字迹，跟读天书似的。我最终还是看明白了，她全名叫艾琳娜·加西亚，这是第二次怀孕，没有做产前保健，也没有医疗保险。我写下她正在使用的药，提醒自己待会儿要去查一下。我在医生休息室找到一本课本，了解了一点先兆早产的知识。早产儿如果活下来，还是有很大概率会遭遇脑溢血和脑瘫。不过，三十年前，我哥哥苏曼早产八周，但他现在已是一名执业神经内科医师了。我走到护士身边，请她教我看显示器上那些弯弯曲曲的图像。在我眼里，这跟医生写在病历上的字一样难以辨认，但显然可以预测接下来是平安无事还是大难临头。她点点头，开始指导我看宫缩数据和胎儿心跳对宫缩做出的反应："这边，仔细看看，就能看到——"

她停下来，神情非常忧虑，一言不发地站起来，冲进艾琳娜的病房，然后又冲出来，抓起电话，呼叫了梅丽莎。一分钟后，梅丽莎赶到了，睡眼惺忪地看了一眼图表，也冲进了病房。我急匆匆地跟在她后面。她打开翻盖手机，给主治医生打电话，连珠炮似的说着各种术语，我只能听懂一部分，也大概了解了情况：双胞胎情况很危险，唯一能保住的办法，就是紧急剖宫产。

我不由自主地跟着一大群心急火燎的人进了手术

室。他们让艾琳娜仰卧在手术台上，药物注入她的血管。一个护士手忙脚乱地往她隆起的腹部抹了抗菌溶液，主治医生、住院医生和我用酒精冲洗了手和前臂。我模仿着他们迅速的动作，默默地听着他们低声咒骂。麻醉师给病人插管，而主刀的主治医生则烦躁不安。"快点，"他说，"我们时间不多，动作要更快！"

　　我站在主治医生旁边，看他用手术刀划开那女人的肚子，在她的肚脐下面留下一道弯弯曲曲的长切口，就在她那隆起的子宫顶端的下面。我努力跟上每一个步骤，迅速在脑子里搜索课本上的解剖示意图。手术刀所到之处，皮开肉绽。医生满怀信心地切开韧性很足、包裹着肌肉的白色腹直肌筋膜，接着用双手掰开筋膜和下面的肌肉，甜瓜一样的子宫开始出现在视野里。他把子宫也割开，一张小小的脸蛋出现了，接着又被淹没在血泊中。医生伸手进去，拉出一个，又拉出另一个。两个婴儿浑身发紫，几乎一动不动，双目紧闭，像过早掉出窝的小鸟。他们的皮肤是半透明的，能看到下面的骨头，似乎不是两个真正的孩子，更像谁信笔画的素描。他们太小了，比医生的手大不了多少，抱都抱不住，立刻被交给在一边待命的新生儿重症监护医生，迅速进了新生儿重症监护室。

燃眉之急算是解决了，手术的步调慢了下来，大家都趋于平静，没刚才那么混乱了。电刀烧灼切口，止住了小规模喷溅的鲜血，皮肉烧焦的味道缓缓飘散开来。子宫被重新缝起来，缝线如同一排牙齿，咬合了伤口。

"教授，腹膜需要闭合吗？"梅丽莎说，"我最近读到资料说不用闭合。"

"上帝造物时闭合的，不要人为去分开，"主治医生说，"至少只能暂时分开。我喜欢把东西恢复到原来的样子——我们还是把它缝合了吧。"

腹膜是包覆腹腔的一层薄膜。不知道为什么，我完全错过了刚才腹膜被切开的过程，现在也完全找不到它在哪里。在我眼里，这伤口就是一大堆杂乱无章的组织，然而在外科医生看来，这一切都是井然有序的，如同雕塑家看一块未经雕琢的大理石。

梅丽莎要了腹膜缝线，把钳子伸进伤口，扯出肌肉和子宫之间一层透明的组织。突然间，腹膜和上面的大洞就这样清晰地展现在我的眼前。她缝合了腹膜，继续处理肌肉和筋膜，把它们用圆针和粗线缝合起来。

主治医生走了。最后，皮肤也做了缝合处理。梅丽莎问我想不想来缝最后两针。

我颤抖着双手，将针穿过皮下组织。拉紧缝线时，我看到针有微微的弯曲。皮肤被扯到一边，一团脂肪挤了出来。梅丽莎叹了口气。"不平整，"她说，"你弄到皮层了——看到这条薄薄的白色东西没？"

我看到了。看来亟待训练的不仅是我的头脑，还有双眼。

"剪刀！"梅丽莎剪开我笨手笨脚打的结，重新缝合了伤口，贴上带有伤口敷料的胶贴。病人被带去了康复病房。

梅丽莎之前跟我讲过，在子宫内存活到二十四周，是培养胎儿生存能力的关键。双胞胎坚持了二十三周零六天。他们的器官已经形成，但也许还不足以负担起维持生命的责任。他们本应该再在子宫的保护下安稳地发育将近四个月，接受脐带运送来的含氧血和营养素。现在，他们必须靠脆弱的肺部吸入氧气，而小小的肺还无法进行复杂的扩张和气体转移，也就是呼吸。我到新生儿重症监护室去看他们，两个双胞胎各自待在一个透明的塑料保温箱中，周围巨大的机器嘟嘟响着，显得他们那么小，几乎淹没在缠绕纠结的线和管子里。保温箱边上开了个小小的窗口，父母可以伸手进去轻轻摸摸他们的腿或者胳膊。对于小宝贝们来说，这种来自真人的触碰，是生死攸关的。

太阳升起，我的轮班结束了。我可以回家了，但双胞胎被从子宫中取出的画面让我难以成眠。我感觉自己也有点像一个未发育完全的肺脏，还没做好维系生命的准备。

那天晚上我去上班，被派给一个新的准妈妈。大家都觉得这个孕妇没什么问题。一切都按常规来，而且今天刚好就是她确定的预产期。我和护士一起跟进这个妈妈四平八稳的生产过程，宫缩越来越规律。护士不时报告子宫颈张开的状况，从三厘米到五厘米再到十厘米。

"好，你可以开始运劲了。"护士对产妇说。

然后她转向我："别担心，快生了我们呼你。"

我在医生休息室找到梅丽莎，过了一会儿，妇产团队被召集到产房：要生了。梅丽莎在门外递给我一件长大褂、一双手套和一双很长的靴套。

"很脏的。"她说。

我们走进产房，我一直有点尴尬地站在旁边，直到梅丽莎把我推到产妇的两腿之间，主治医生的前面。

"使劲！"护士鼓励产妇，"再来一遍，就像刚才那样，不过不要尖叫了。"

尖叫当然停不下来，很快血和其他不明液体也随着尖叫一起喷薄而出。清晰整齐的医学图表完全无法表现自然的天性，不仅尖牙利爪会见血[1]，生命的诞生也是一样。(这可不是安妮·哥蒂斯[2]的照片。)我已经清楚地意识到，在病房里真刀真枪地学做医生，和在教室里做医学生，受到的是完全不同的教育。读书和做选择题，完全不像身负重任采取行动。你也许很明白，自己要头脑清醒，往外拉孩子的头，好让肩膀一起出来，但真正干起来又是另一回事了。万一我拉得太狠了呢？(我脑子里响起一声咆哮：那会造成无可挽回的神经损伤！)产妇每使劲一次，宝宝的头就出现

---

1. 自然就是尖牙利爪，会见血 (Nature is red in tooth and claw)：西方的一句俗语，指的是捕猎的动物吞噬猎物时的血腥场面。出自诗人丁尼生 (Alfred Lord Tennyson) 的诗："Tho' Nature, red in tooth and claw."

2. 安妮·哥蒂斯 (Anne Gedds)：著名婴儿摄影师，拍摄的婴儿照片非常有想象力。

一点，但歇口气的间隙，又缩回去了。每次往外三步，缩回两步。我等待着。繁殖是有机体的一项基本任务，但人类的大脑把它变成了危险事务。也正是这颗脑袋，制造出诸如产房、心率计、硬膜外麻醉和急诊剖宫手术等名堂，以备不时之需。

我一动不动地站着，不确定该干些什么。主治医生口头指导我，伸手抓住露出的头，接着产妇再次使劲时，我轻轻扶住宝宝慢慢钻出来的肩膀。是个个头挺大的女孩，胖乎乎的，浑身湿透了，至少是昨天晚上那两个小鸟一样的宝宝的三倍大。梅丽莎夹住脐带，我伸手剪断。

宝宝睁开眼睛，张嘴哇哇大哭。我又抱了她一会儿，感觉到她实实在在的存在，接着把她抱给护士。护士把她抱到妈妈身边。

我走到等候室，把这个好消息告诉产妇的家人。聚集在那儿的一大家子，十几口人，全都欢呼雀跃，一阵纷乱的握手和互相拥抱。我就像个伟大的先知，从山顶带回新契约[1]的欢乐消息！

---

1. 《圣经》用语，指人与上帝之间超乎法律的约定。

生产带来的一切肮脏与混乱消失了。站在这里的我，刚刚抱过这个家庭的最新成员。她是这个男人的侄女，那个女孩的表妹。

回到产房，我兴高采烈地跑到梅丽莎身边。

"嘿，昨晚的双胞胎怎么样了，你知道吗？"我问。

她的脸色瞬间黯淡下来。昨天下午A宝宝去世了，B宝宝坚持了不到二十四小时，在我接生刚才那个宝宝的时候也走了。那一刻我满脑子都是塞缪尔·贝克特[1]的隐喻，正与这对走到生命尽头的双胞胎相合："有一天我们诞生，有一天我们死去，同样的一天，同样的一秒钟……他们让新的生命诞生在坟墓上，光明只闪现了一刹那，跟着又是黑夜。"[2]我现在就站在"掘墓人"的旁边，他的工具是医用的钳子。这些生命究竟有什么意义呢？

"这你就接受不了了？"她说，"很多母亲明知胎

---

1. 塞缪尔·贝克特（Samuel Beckett，1906—1989）：活跃于二十世纪的法国作家，创作的领域包括戏剧、小说和诗歌。荒诞派戏剧的重要代表人物。

2. 出自塞缪尔的经典荒诞派戏剧《等待戈多》。

死腹中，还是要经历分娩和生产。你想象得到吗？这些人至少还有过希望。"

就像火柴闪动微光，却没有燃烧起来。543 号病房里，母亲在饮泣，父亲眼眶通红，泪水默默滑落：这真是和那边的欢乐形成鲜明对比；出乎意料的死亡，是那么不公平，令人无法忍受……你能去劝他们什么呢？你能说出什么安慰的话呢？

"紧急剖宫产是正确的选择吗？"我问。

"绝对是，"她说，"是他们唯一的机会。"

"如果不做，有什么后果？"

"他们会死。当时胎儿的心率异常，这可能有多个原因，包括胎儿血液的 pH 值下降，脐带不能正常输送血液或氧气，或者其他很糟糕的情况。"

"但你怎么知道那些数据的糟糕程度呢？出生太早或者生得太晚，哪个更糟糕？"

"要自己判断了。"

这个判断也太难了。我这小半辈子，最艰难的决定，也就是三明治到底要法式蘸酱还是鲁宾蘸酱。而这样的判断，我什么时候才能做，又怎么可能安心做呢？医学实践方面，我还有很多东西要学。但在生与死悬而未决之时，单凭这些知识够吗？光靠脑子聪明显然行不通，道义上也需要明确的思考。

不知何故，我必须坚信，在这个过程中，我收获的不仅仅是知识，还有智慧。毕竟，一天前我刚刚迈入医院大门时，生与死还不过是抽象的概念而已。现在，我已经近距离地直面二者。也许贝克特笔下的波卓 [1] 说得对，生命就是转瞬即逝，太短暂，容不得多想。但我必须集中精力去扮演好迫在眉睫的角色，一心一意投入到死亡的全过程中。我就是拿着钳子的掘墓人。

不久，我在妇产科的轮转结束了，立刻就转到肿瘤外科。同期的医学生玛丽和我一起轮班。轮班了几个星期，在一个无眠的夜晚之后，她被分配去协助一台胰十二指肠切除术。这是很复杂的手术，需要调整腹部的很多器官，以便切除胰腺癌。在这种手术里，医学生一般都要连续站上九个小时，通常只是旁观，顶多帮忙拉拉勾。被选中去协助这种手术，是医学生梦寐以求的事情，因为过程极度复杂，住院总医

---

[1]. 《等待戈多》里的人物。

生这个级别的人才有资格当一助。但这也是会累垮人的手术，是对普外科医生技能的终极测试。手术开始后十五分钟，我看到玛丽站在走廊里哭。手术开始时，医生要从小小的切口放进一个小小的摄像头，看肿瘤有没有转移。因为如果癌细胞大面积扩散，那手术就没用了，需要取消。玛丽站在手术室里，想着要站上整整九个小时，心里一直在默默地祈祷："我太累了——上帝啊，一定要有转移啊。"的确。病人被重新缝合，手术取消。玛丽先是松了口气，接着心灵就不断被愧疚侵蚀，越来越深，痛苦不堪。玛丽冲出手术室，她需要一个倾诉的对象，而我恰好出现在那里。

*

医学院的第四年，我看着很多同学一个个选了要求不那么高的专业（比如放射科或皮肤科），并申请住院医生资格。我对此困惑不已，搜集了好几个顶尖医学院的数据，发现趋势都一样：读完医学院之后，大多数学生都倾向于选择有利于"高品质生活方式"的专业，上班时间比较人性化，工资比较高，压力比较小。他们在申请医学院时写就的雄心壮志，要么打了折扣，要么消失得无影无踪。临近毕业，我们按照耶鲁的传统，坐下来，修改我们毕业典礼上要说的誓言。总之就是希波克拉底[1]、迈蒙尼德[2]、奥斯勒[3]和其他几个伟大医学界前辈名言的合集。有几个同学争论说，应该去掉把病人利益置于自身利益之上的句子。(其他人不允许，讨论没能持续很长时间。这些话没有去掉。在我看来，这种自我中心论是完全与医学精神相悖的，但话说回来，也是完全合理的。的确，这世上99%的人选工作都是这样考虑的：薪水、工作环境、工作时间。事实本来就是如此，选择工作的时候，当然要把生活方式放在第一位，哪管什么使命的召唤。)

　　而我呢，会选神经外科。这个选择我已经考虑了一段时间了。究其发端，是一天晚上，刚刚走出手术

1. 希波克拉底 (Hippocrates，前460—前370)：古希腊医师，被西方尊为"医学之父"，西方医学奠基人。他的《希波克拉底誓言》是向医学界发出的道德倡议书，是从医人员入学第一课要学的重要内容。

2. 迈蒙尼德 (Maimonides，1138—1204)：中世纪犹太哲学家、神学家和医生。

3. 威廉·奥斯勒 (William Osler，1849-1919)，加拿大医学家、教育家，被视为现代医学之父。

室，在一间病房里，我带着默默的敬畏，听一个儿童神经外科医生与病人父母的谈话。他们的孩子长了个很大的脑瘤，那天晚上刚送到医院，说是头痛。医生不仅跟他们详细讲述了临床上的一些信息，也充满人情味地表达了对这种不幸的同情，并为他们提供了指导。恰巧，孩子的妈妈是一名放射科医生。肿瘤看上去是恶性的，妈妈已经研究了扫描结果，现在她坐在日光灯下的塑料椅上，完全崩溃了。

"好了，克莱尔。"医生轻轻开了口。

"有看上去那么糟糕吗？"母亲打断了他，"你觉得是癌症吗？"

"我也不知道。但我知道，我知道你也知道，就是你的生活即将改变——已经改变了。这是一场长途旅行，你明白吗？你们必须相互陪伴支持，但需要的时候你也要好好休息。这种病要么让你们更团结亲密，要么让你们彻底决裂。所以，现在你们要给彼此前所未有的支持和陪伴。我不希望你们中任何一个整夜待在床前或者守在医院不走，好吗？"

他继续说起手术计划，可能的结果和预后，现在需要做的决定，需要开始考虑但不用立刻就做的决定，还有他们暂时完全不需要担心的决定。谈话结束时，一家人并不轻松，但看起来似乎可以面对未来了。我一直注意着两夫妻的脸，一开始毫无血色、呆滞迟钝，几乎是神游天外，后来神情越来越振作和集中。坐在那儿的我突然意识到，那些集合了生命、死亡与意义的问题，那些所有人在某个时候都必须要面对的问题，通常都发生在医院里。当一个人真正遇到这些问题，这就变成了实践，有着哲学和生物学上的双重意义。人类是生命体，遵循自然法则，很遗憾的是，这些法则就包括一条：熵总是在增大的，生命是无常的。疾病，就是分子的顺序打乱了；生命的基本要求是新陈代谢，而死亡，就是新陈代谢的终止。

所有的医生都治病救人，而神经外科医生则在为病人保命与保住个性之间备受煎熬：每一次脑科手术，都不可避免地成为我们对自身本质的一次操控；每一次和经历脑科手术的病人谈话，也都迫使我们直面这个现实。另外，对于病人和家属来说，脑科手术应该是他们一生中最重大的事情了，还会对其他人生大事产生影响。如此紧要的关头，问题不仅仅局限于生存还是死亡，还有到底怎样的人生才值得一活。你愿意用失去说话的能力，来交换多几个月的生命，默默无声地度过余生吗（也许你要替自己的母亲做这个决定）？你愿意冒着视野盲区扩大的危险，来排除本来就很低的致命脑出血的可能性吗？若治愈癫痫的代价是右手失去功能，你愿意吗？你到底要让孩子的神经承受多少痛苦，才会更愿意选择死亡呢？因为我们对于世界的经验均源于大脑，任何神经科学上的问题都迫使病人和家属去思考（理想的状况是，有医生指导他们）：到底是什么，才赋予生命以意义，从而值得一活？

神经外科令我不由自主地折服，这里没有宽宥，必须追求完美。我想，这就像古希腊"arete"这个概念，是一种道德、情感、思维和身体上都至臻卓越的美德。神经外科似乎提供了最艰难的挑战，也最为直观地面对意义、个性和死亡。神经外科医生的肩膀上担负着沉重的责任，同时也是精通各个领域的"多面手"：神经外科、重症医学、神经内科、放射医学。我意识到，不仅要训练思维和双手，还有眼睛，也许还有其他器官。这想法来势汹汹，令我深陷其中不可自拔：也许，我也能像那些博学通才一样，跋涉在情感、科学和精神难题最茂密的荆棘丛中，找到出口，或者杀出一条血路。

医学院毕业后，我们这对新婚夫妇去加利福尼亚开始住院医生生涯。我在斯坦福，露西在加州大学旧金山分校。医学院正式成为过去，我们要真正承担起责任了。我很快在医院交了几个好朋友，特别是和我同期的住院医生维多利亚，还有比我们早来几年的血管外科住院医生杰夫。接下来七年的训练生涯中，我们将一起成长，一开始只是见证医院里戏剧化的一幕幕，到后来自己开始担任其中的主角。

第一年的住院医生，在生命与死亡这样厚重的背景下，真可谓卑微如蝼蚁。不过，就算这样，工作强度也是巨大的。第一天到医院，住院总医生就对我说："神经外科的住院医生不仅仅是最好的外科医生，我们也是整个医院最好的医生。这就是你的目标。让我们为你骄傲吧。"科主任经过病房时说："吃饭的时候记得用左手。你要学会左右开弓。"年资比较高的一位住院医生说："给你小小提醒一下，总医生正在闹离婚，所以他最近埋身于工作，别跟他聊闲天。"带我的是个很开朗的医生，本来应该给我一些说明和指导，却只是交给我一份四十三个病人的名单："我只需要跟你说一件事：他们可以一直给你带来更多伤害，但他们无法让时间停止向前。"说完他就走了。

接下来的两天我都没离开医院，但不久以后，这些堆积如山、看上去不可能完成的文件整理工作，只需要花一个小时就能轻松解决了。不过，医院工作中，你归档的文件可不仅仅是文件，而是各种各样充满风险与胜利的病例。比如，八岁的马修，有一天因为头痛来看医生，结果发现下丘脑附近有个肿瘤。下丘脑控制着我们的基本需求：睡眠、饥饿、口渴和性需求……那附近的任何肿瘤如果不及时彻底地处理，都会让马修的余生生活在化疗和更多的手术之中，头上还需要插着导管过活……简单来说，会毁了他的童年。完全切除肿瘤就能避免上述情况，但有可能伤及下丘脑，导致他出现难以自控的暴食症状。手术开始，医生从马修的鼻腔里伸进一个细细的内窥镜，然后在他的颅底钻了一个洞。进去以后就看到一个清晰的平面，切除了肿瘤。几天后，马修就在病房里活蹦乱跳了，还从护士那里偷糖吃。他准备回家的那天晚上，我很开心地填着他那似乎永远也填不完的出院手续。

我的第一个死亡病例，发生在一个周二。

八十二岁的一个老太太，身材娇小，自己收拾得很整洁，是普外科最健康的人。而我在普外科实习了一个月。(验尸的时候，病理医师得知她的年龄很是震惊："她的器官年龄只有五十岁啊！")她住院是因为轻微肠梗阻导致的便秘。我们等了六天，希望她的肠子能自行恢复。希望落空后，我们做了个小手术来进行治疗。周一晚上八点左右，我去病房查看，她神志清醒，状态良好。我一边和她聊天，一边从口袋里掏出一日工作计划，把最后一项（"术后检查，哈维太太"）画掉。我该回家休息一下了。

午夜过后的某个时间，电话响了。病人不行了。几个小时前那种略带官僚主义的志得意满突然被撕得粉碎，我从床上猛地坐起来，连珠炮似的发布指令："乳酸林格氏液快速静脉输注、心电图、照胸片，马上行动——我在去的路上了。"我给住院总医生打了电话，她告诉我还要多做一些检查，等我把情况搞得更清楚一些，再给她打电话。我冲到医院，看见哈维太太呼吸困难，心跳加快，血压陡降。无论我做什么，她也不见好转。而当时我是唯一在值班的普外实习生，呼机一直在震，有些信息可以忽略（病人需要安眠药物），有些没法不管（急诊室病人主动脉瘤断裂）。我手忙脚乱，如同溺水的人，万事缠身，黔驴技穷。哈维太太仍然没有起色。我安排把她转到重症监护室，拼命给她灌药输液来保命。接下来的几个小时，我就狂奔在急诊室那个面临死亡威胁的病人和重症监护室那个生命垂危的病人之间。凌晨 5:45，急诊室的病人被推往手术室，哈维太太的情况也相对稳定下来。我们动用了十二升液体、两个单位的全血、一台呼吸机、三种不同的升压药，才得以维持她的生命。

等我终于走出医院，已经是周二下午五点。哈维太太仍然不见好转，也没有恶化。晚上七点，电话又响了，哈维太太昏迷了，重症监护团队正在尝试心肺复苏。我又狂奔回医院，她再次死里逃生，真是命悬一线。这次我没有回家，只是到医院附近去吃了晚饭，以防万一。

八点，手机响了：哈维太太去世了。

我回家去睡觉。

我的情绪介于愤怒和悲伤之间。不管怎么说，哈维太太是从那一摞厚厚的文件中"脱颖而出",才成为我的病人。第二天,我参加了她的尸检,看着病理医师把她开膛破肚,移走各种器官。我亲自检查那些器官,用双手去抚摩,检查我在她肠道上打的手术结。从那以后,我再也不把任何病人简单看作病历上的文字了,而是把所有的文件和病历都当作真正的病人来看待。

那一年,我算是见证了很多死亡。有时候是站在角落窥视,有时候则和死神在病房里狭路相逢,感觉非常尴尬。下面是一些我亲眼看着死去的病人:

1. 一个酗酒的人。他的血液再也凝结不起来了,血一直流进他的关节和皮下,直到他慢慢走向死亡。每天,淤血的范围都会扩散。陷入神志昏迷之前,他抬头看着我说:"这不公平——我喝的酒都是加水稀释过的。"

2. 一位病理医师,患了肺炎,病入膏肓,临终时哮喘不断,最后被送去尸检——这是她最后一次去病理实验室,而她曾在这里度过了很多岁月。

3. 一个男人,做了个神经外科的小手术,治疗常常突如其来的面部惊痛。医生在有"嫌疑"的神经上放了一小滴胶液，免得它被血管压迫。一周后，他遭遇了剧烈的头痛。什么检查都做过了，但无法做出任何诊断。

4.头部创伤的很多病例：自杀、枪击、酒吧斗殴、摩托车事故、撞车，还有被麋鹿攻击。

有时候，这种沉重感非常明显。压力与沮丧弥漫在空气中。一般情况下你都注意不到，只是将这愁云惨雾呼吸进去。但在某些时候，比如闷热潮湿的日子里，它本身的力量就能让你窒息。有些日子，我在医院的感觉，就像酷暑之中被困在没有尽头的丛林，大汗淋漓，浑身湿透，死者家属们的眼泪就像大雨，倾盆而下。

到了培训的第二年，突发事件时你必须第一个到场。有的病人你救不了，有的却可以妙手回春：当我第一次将昏迷不醒的病人从急诊室带到手术室，从他头颅中抽出积血，看着他醒过来，跟他的家人谈话，抱怨他头上的切口时，我突然陷入一阵愉悦的眩晕。

凌晨两点的时候，我步履轻快地在医院里漫步，直到不知自己身处何方，花了整整四十五分钟才找到出去的路。

高强度的工作安排当然有负面影响。虽然官方规定的最长工作时间不超过每周八十八小时，但我们每周基本上要工作一百个小时。事情总是做不完的。我累得眼眶泛泪，脑袋生疼，凌晨两点还在牛饮能量饮料。工作的时候我倒是精神百倍，但一走出医院，筋疲力尽的感觉立刻就会击中我。我跟跟跄跄地穿过停车场，总要先在车里打一会儿盹儿，然后再开十五分钟的车回家，瘫倒在床。

不是所有住院医生都能承受住这种压力。有一个就接受不了别人的指责，也承担不起这么重的责任。他是个相当有天赋的外科医生，但一犯了错误就难以面对、无法承认。一天，我和他坐在休息室里，他哀求我挽救他的职业生涯。

"你唯一需要做的，"我说，"就是直视我的眼睛，说：'我很抱歉。刚刚发生的事情是我的错。我不会再让它发生了。'"

"但是是护士——"

"不。你必须说出来，发自内心地说。再试试。"

"但是——"

"不。说出来。"

我们就这样持续了一个小时，我终于知道，他完了。

沉重的压力让另一个住院医生也出局了。她选择离开，找了份不那么繁重的咨询工作。

其他人甚至要付出更高的代价。

随着我的技术日益精进，我的责任也重大起来。我学习如何判断哪些病人还能挽救，哪些难逃一死，哪些不能仅凭我的判断来决定。我也会犯错误。我把一个病人紧急送往手术室，只来得及保住他的心跳，但他再也说不出话来了，要通过管道进食，过上了自己决不接受的生活……我觉得这是比病人死亡更可怕的失败。微弱的新陈代谢依然存在，但这具茫然无知的躯体却成了难以承受的负担，一般都要被送往某个机构，无法接受也不知如何是好的家人，探望得越来越少，直到褥疮或肺炎无可避免地夺走他的生命。有些人坚守在此生，睁大双眼想活下去，探索各种各样的可能性。但很多人没有这样做，或者说做不到。而神经外科医生必须学会去裁决。

我选择医疗事业，部分原因是想追寻死神：抓住他，掀开他神秘的斗篷，与他坚定地四目相对。神经外科对我的吸引力，不仅仅在于大脑与意识的交缠，更在于生与死的纠葛。我以为，在生与死的空间中，我一定能找到一个舞台，不仅能凭怜悯和同情来采取行动，自身还能得到升华，尽可能地远离所谓的物质追求，远离自以为重要实则微不足道的小事，直达生命的核心，直面生死的抉择与挣扎……在那里，一定能找到某种超然卓越的存在吧？

但在住院医生阶段，还有些别的什么东西渐渐在我眼前展现。太多头部损伤的案例如同永不停歇的密集炮火将我包围，我开始怀疑，离这些耀眼的东西太近，反而使我无法看清它们的本质，如同为了学习天文学直接凝视太阳。在病人们的关键时刻，我还没有达到与他们同在的境界，只能说是这些关键时刻的参与者。我看过太多的痛苦，更糟糕的是，我开始习以为常。一个溺水，或者说"溺血"的人，会努力去调整自己，学会漂浮，学会游泳，甚至开始享受人生，和医生护士交心，因为他们和你绑在同一条船上，陷在同样的风浪中。

专科住院医杰夫和我一起合作治疗创伤。每次创伤抢救中心那边有并发的头部损伤，他就叫我过去，我俩的行动一向很默契。他检查腹部，然后问我对病人的认知功能有什么判断。"嗯，他要是想，还是可以做参议员的，"有一次我如此回答，"不过只能去个比较小的州了。"杰夫大笑，从那时起，一个州的人口就成为我们描述脑损伤严重程度的指标。"他是怀俄明还是加利福尼亚？"杰夫这么问，决定给病人制订什么程度的治疗方案。或者我可能会说："杰夫，我知道他的血压还很正常，但我要给他做手术，不然他就要从华盛顿变成爱达荷了，你能把他稳一稳吗？"

一天，我在餐厅吃着常吃的午餐，健怡可乐加冰激凌三明治。突然呼机响了，说马上要来一个重伤病人。我跑到抢救中心，刚把冰激凌三明治藏在一台电脑后面，急救车就到了，急救员们推着轮床，连珠炮似的交代情况："二十二岁，男性，摩托车事故，时速六十四公里，鼻孔流出液体，疑似脑浆……"

我立刻开始工作，叫人给我拿来插管托盘，同时评估其他重要生理功能。安全插管之后，我检查了他身体多处的创伤：脸部瘀青，皮肉擦伤，瞳孔放大。我们给他注射了很多甘露醇，减轻脑肿胀，急急忙忙地推他去照片子：颅骨碎裂，弥漫性大出血。我心里已经在规划开颅手术了，该怎么钻开颅骨，把血抽出来。他的血压突然下降了。我们又迅速把他推回抢救中心。创伤团队的其他人刚刚赶到，他的心跳就停止了。在他周围，各种各样旋风般的行动迅速进行：很多导管插入他的股动脉，深入他的胸腔，静脉上注射着药物；与此同时，医生的拳头捶打着他的心脏部位，保持血液流通。三十分钟后，我们停了手，任他完成死亡的过程。大家都意见一致地低语：脑部受这么重的伤，死了其实更好。

我溜出抢救中心，他的家人正好被领进去认尸。我突然想起来，我的健怡可乐，我的冰激凌三明治……创伤室又那么闷热。急诊室一个住院医生帮我打了掩护，我像个幽灵似的溜了回去，从那个我救不了的病人的尸体前，把冰激凌三明治"救"了出去。

在冰箱里冻了三十分钟，三明治算是"满血复活"了。我一边想，挺好吃的，一边把卡在牙缝里的巧克力碎屑给弄出来。而死者的家人正在那边做最后的道别。我颇想知道，短暂的从医生涯以来，我的道德观是否出现了滑坡，而不是提升？

几天后，我听说医学院的一个朋友劳里被车撞了，一个神经外科医生做了手术，试图救她的命。她昏迷过去，又醒了过来，第二天去世了。我不想再往下听了。以前听这种事情，总是一句简单的"车祸丧生"就不会再去想其他的，现在那样的日子一去不复返了。现在听到一句"车祸丧生"，就像打开了潘多拉的魔盒，各种各样的画面一起涌上来：轮床急速向前，抢救中心的地上鲜血淋漓，导管插入她的喉咙，拳头不断捶打她的胸腔。我仿佛看见一双手，我的手，剃着劳里的头发，手术刀割开她的头颅；耳边有钻子的嗡嗡声，骨头的焦煳味，钻开时飞扬的微尘，撬开她一小块头骨时那裂开的声音。她的头发被剃掉了一半，她的头部完全被拆解了。她再也无法变成完整的自己了，她的朋友和家人都认不出她了。也许她身上还插了胸腔引流管，一条腿上做了牵引……

我没有询问细节。毕竟已经见过太多了。

那一刻，我心里突然涌现出自己毫无同情心的一幕又一幕：我对病人万分担忧的心情不管不顾，急着劝他们出院；别的事情忙不过来的时候，我忽略病人的痛苦；我观察病人的病状，记下来，做出自以为准确的各种诊断，却并没有看到深层的病因——后来这些病人总是不断出现在我的回忆中，满怀复仇的怒火，不屈不挠。

我怕自己即将成为托尔斯泰笔下那种很典型的医生，沉浸于空洞的形式主义，生搬硬套诊疗指南，完全忽略更大程度上的人性意义。（"医生们来看她，有时各人单独地来，有时大家举行会诊，用法语、德语、拉丁语说很多的话，他们互相批评，按照他们看得出来的病征开出各种各样的药方，但是他们当中没有一个人想到那个简单的道理，就是他们完全不能够了解娜塔莎病中的痛苦。"[1]）一位刚被诊断出脑瘤的母亲来找我。她很困惑、很恐惧，因为不知将要面对什么结局而崩溃。当时的我筋疲力尽，全然不把她放在心上。我匆忙地回答了她的问题，向她保证手术一定会很成功，也安慰自己说没时间详细地解答她所有的问题。

---

[1]. 本段来自列夫·托尔斯泰的小说《战争与和平》，译文参考上海译文出版社 1981 年版《战争与和平》，高植译。有改动。

但我为什么没有抽出时间呢？曾经有个脾气特别暴躁的退伍兵，连续数周拒绝众多医生、护士和理疗师的劝告，结果，他背上的伤口破裂了，正如我们警告的那样。我当时在手术室，被叫了出去，帮他缝好裂开的伤口。他痛得嗷嗷大叫，我心想：他活该。

没人是活该的。

我知道，威廉·卡洛斯·威廉姆斯[1]和理查德·塞泽尔[2]曾经承认他们干过比我更坏的事情，但我一点也不觉得安慰。我发誓要做得更好。满目的人间悲剧与痛苦失败，我真怕自己已经看不见人类关系最非凡的重要性了，不是病人和家属之间的关系，而是医生与病人之间的关系。专业技术出色是不够的。人人终有一死，作为一名住院医生，我的最高理想不是挽救生命，而是引导病人或家属去理解死亡或疾病。要是一个病人脑出血，救不了了，送到医院来，神经外科医生与家人的第一次谈话，可能将永久决定他们对这

---

1. 威廉·卡洛斯·威廉姆斯 (William Carlos Williams, 1883—1963)：二十世纪美国国著名诗人，也是全科及小儿科医师。

2. 理查德·塞泽尔 (Richard Selzer, 1928—2016)：美国外科医生和作家。

场死亡的感觉，有可能是平和地接受（"也许他该走了"），也有可能是痛苦的遗憾（"那些医生根本不听我们说！他们都没努力去救他！"）。要是手术刀没有用武之地，外科医生唯一的工具，就是言语。

严重的脑损伤会带来超乎寻常的痛苦，而家人的痛苦往往要胜于病患，看不到完整意义的，不仅仅是医生。围绕在床边的家人，看着他们亲爱的人头部面目全非，脑子完全伤成一团糨糊，他们通常也看不到完整的意义。他们看到的是过去，是点点滴滴累积起来的回忆，因为当下遭遇而感受到的更深的爱，全都由眼前这具躯体所代表。我看到的是病人可能面对的未来，通过手术在脖子上开个口子，和呼吸机连在一起；肚子上开个洞，黏糊糊的液体一滴滴流进去；可能要经历很长、很痛苦的恢复过程，还不一定能完全恢复；有时候，更有可能的是，根本变不回他们记忆中的那个人了。在那样的时刻，我抛弃了平时最常扮演的角色，不再是死神的敌人，而是使者。我必须帮助这些家人明白，他们所熟知的那个人，那个充满活力的完整的人，现在只存在于过去了，我需要他们的帮助，来决定他／她想要的未来：无痛苦地死去，还是一袋袋的液体这边进，那边出，尽管无力挣扎，也要坚持活下去。

要是年少时接触宗教更多一些，我可能会成为一个牧师。因为我所追求的，其实就是一个牧师的角色。

调整过我的思想重心以后，术前谈话以及病人签署知情同意书，意义就不那么简单了。这不再是一套迅速告知手术所有风险的司法程序，就像某种新药品广告里快速念一遍的副作用，而是一次机会，可以和正在承受痛苦的同胞订立盟约：我们在此共聚一堂，一起走过接下来的路。我承诺尽自己所能，引导你走向彼岸。

住院医生生涯到这个时候，我的工作效率有所提高，经验也更加丰富，我终于可以稍稍松口气，不再为了自保而疲于奔命。现在的我已经完全承担起了为病人创造福祉的责任。

我想到了父亲。医学院时期，露西和我都去过他在金曼的病房，跟着他查过房，看着他安慰病人，同时又告知他们各种不确定性。有个女病人，做了心脏手术，还在康复期，父亲问她："你饿吗？我给你弄点吃的,你想吃什么?"

"什么都行,"她说,"我饿死了。"

"嗯,那龙虾和牛排怎么样?"他拿起电话,给护士站打过去,"我的病人想吃龙虾和牛排,现在,马上!"他转身看着她,面带微笑,"在路上了。不过可能看起来像火鸡三明治。"

他那么亲切和蔼地与病人交流,春风化雨般在病人心中建立起信任,真是让我备受启发和鼓舞。

这位三十五岁的女病人坐在重症监护室的床上,脸上全是恐惧。妹妹快过生日了,她出去买礼物,突发癫痫。扫描之后发现,她的右侧额叶被一个良性的脑瘤压迫。要说手术的风险,这种肿瘤是风险最小的,长的位置也很容易处理。做个手术,她的癫痫症状八九不离十就会消除。另一个选择,就是终身服用有毒性的抗癫痫药物。但我看得出来,光是"开颅手术"这几个字就够让她心惊肉跳的了。她独自一人,在一个陌生的地方,被迅速从熟悉、热闹的购物中心带到外星球般的重症监护室,到处都是哔哔响的仪器和闪烁的警报,还弥漫着一股消毒剂的味道。要是我用公事公办的口吻,细数所有的风险和可能出现的并发症,她很有可能就拒绝手术了。我当然也可以把她的拒绝记下来，填在表上，想着我尽到了责任，完成了任务，可以开始新的工作。我没有这样做，而是征得她的同意，把她的家人都召集到病床前，一起平心静气地讨论各种选择。随着谈话的深入，我看得出来，她那种不知所措的巨大恐慌，逐渐变成一个艰难但可以理解的决定。在我与她共处的当下的空间里，她是个人，不是个亟待解决的问题。她选择了手术。手术很顺利。两天后她回家了，癫痫再也没有发作过。

　　无论什么大病，都能完全改变一个病人以及全家人的生活，但脑部的疾病又有其独特的严重性。如果儿子去世了，父母的世界一定会天翻地覆，那么，如果病人是脑死亡，身体还温热，心脏还跳动，那岂不是更加不可理解？灾难的起源如同星球开始解体，当病人听到神经外科医生的诊断时，他们的眼神，就像解体的碎片——这个比喻最最恰切不过。有时候，消息太惊人了，脑子几乎会"短路"。这种现象被称为"心因性"综合征。有些人听到坏消息后会昏过去，这种综合征就是更为严重的情况。我母亲的父亲，在二十世纪六十年代的印度农村顶住重重压力，保障了女儿的教育。而我母亲只身一人在外面上大学的时候，听到坏消息，自己的好爸爸在长期住院之后最终去世，她当时就发作了心因性癫痫，一直持续到她回家参加葬礼。我的一个病人，刚被诊断出脑癌时，突然就倒地昏迷了，一系列的化验、扫描、脑电图也没能找出原因。决定性的测试反而是最简单的：我把病人的手臂举起来，高过他的脸，然后松开。心因性昏迷的病人依然保留有足够的意志力，会避免打到自己。治疗手段包括不断跟他说话，安慰他，直到他感受到你的言语，醒过来。

脑癌分两种：原发性肿瘤，它首发于脑内；另一种是转移性肿瘤，从身体别的地方迁移至此，比较普遍的是从肺部转移。手术无法治愈，但的确可以延长生命。对于大多数人来说，一旦得上脑癌，就意味着一年内死亡，可能两年。

李太太快满六十了，眼睛是淡绿色的，两天前转到我这里。原来住的医院在她家附近，离这儿有一百六十多公里。她丈夫穿着格子衬衫，衬衫的下摆整齐地塞进洗得干净挺括的牛仔裤里。他站在她床边，不安地摆弄着手上的结婚戒指。自我介绍以后，我坐下来，她给我讲了自己的事：过去几天来，她一直觉得右手在麻麻地刺痛，然后就有点不听使唤了，后来发展到连衬衫扣子都扣不好。她去了当地的急诊，害怕是中风。在那里做了个核磁共振，就被送到这儿来了。

"有人给你解释核磁共振的结果吗？"我问。

"没有。"烫手山芋被扔给我了，这种难以启齿的事情总是这样。一般来说，我们都要和肿瘤医师吵一架，让他负责把这种消息转达给病人。这事儿我都干了多少回了？嗯，我想，到此为止吧。

"好，"我说，"我们要好好谈谈了。要是你不介意的话，能不能跟我说说你现在的想法？听病人聊聊对我总是很有帮助的，免得我待会儿说不清楚。"

"嗯，我以为是中风了。但我猜……不是？"

"猜得对。你没有中风。"我略有迟疑。我能看到她上周的生活和即将来临的生活之间那巨大的鸿沟。她和她丈夫看上去都没做好迎接脑瘤的准备。到底又有谁准备好过呢？于是我放缓速度，稍微说得含蓄了些："从核磁共振看，你脑部有包块，所以才有那样的症状。"

沉默。

"你想看看核磁共振图像吗？"

"想。"

我从病床边的电脑上调出那些图像，指出她的鼻子、眼睛、耳朵，教她看。接着我向上滚动到肿瘤的位置，黑色的坏死的内核周围包裹着边缘起伏的白色圆环。

"那个是什么？"她问。

有很多可能。也许是感染。做了手术才知道。

我仍然想回避这个问题，好让他们暂时不那么忧心忡忡，心理负担稍微轻一些。

"做完手术才知道，"我开口，"但很像脑肿瘤。"

"是癌症吗？"

"刚才说了，要取下来交给病理师，做了活检才知道。但是，如果让我来猜测，我可能会说是。"

从扫描结果来看，我心里早就确诊了是恶性胶质瘤，很有侵略性的脑癌，最糟糕的那种。但我说得很委婉轻柔，随时察言观色，看李太太和她丈夫的反应行事。我刚才已经说了有脑癌的可能，估计其他的话他们也记不得多少了。如果是一大碗悲剧，最好一勺一勺慢慢地喂。很少有病人要求一口气吃完，大多数都需要时间去消化。他们没有问手术预后的情况。这和创伤科不一样，在那里你只有十分钟时间解释并做出重大的决定，在这里我可以慢慢把事情讲清楚。我详细地说了接下来几天可能要面对的情况：围绕着手术要干些什么；我们只会剃掉她的一点点头发，这样稍微修饰一下还是美美的；手术之后她的手臂可能会有点虚弱无力，但后面会恢复的；如果一切顺利的话，三天后她就能出院了；这好比马拉松的第一步；一路上要注意休息，这很重要；也不用刻意去记我刚才说的任何东西，反正我们都会再过一遍的。

手术以后，我们又谈了话，这次我们聊了化疗、放疗和预后。这时的我已经懂点基本规则了。首先，详尽的统计学分析是研究室里用的，病房里没必要说。标准的统计方法，如卡普兰-迈耶曲线[1]，用于分析存活患者的数量及各自的存活时间。我们就是用这个曲

---

[1] 一种以时间为横轴，累积生存率为纵轴的统计学曲线，主要用于估计和比较中位生存时间。该方法于 1958 年由卡普兰（Kaplan）和迈耶（Meier）共同提出。

线来衡量治疗的进展，来判断病情的严重程度。对于恶性胶质瘤，这条曲线下降得特别快，手术两年之后只有 5% 的病人还活着。其次，话要说得准确，这非常重要，但还是必须留下希望的空间。我不会说"中位生存期是十一个月"或者"你在两年内死掉的可能性是 95%"，而是说："大多数病人都活了好几个月到好几年。"在我看来，这可能是更诚实的说法。问题在于，你不能跟任何一个病人准确地说她到底位于曲线的什么位置：是六个月以后死亡呢，还是六十个月以后？我觉得，当不能准确判断的时候，说出具体时间是非常不负责任的行为。那些把具体时间说出来的庸医（"医生说我还能活六个月"），我一直想知道，他们都是谁啊？统计学是谁教的？

听到消息后，大多数病人都是一言不发（毕竟，英语里的"病人"，"patient"这个词，最初的含义之一，就是"毫无怨言地承受苦难的人"）。不管是出于自尊还是震惊，一般都是一片沉默，所以，交流的方式就变成握住病人的手。少数的一些马上就坚强起来（一般是病人的伴侣，不是本人）："我们会抗争，打败这鬼东西的，大夫。"抗争武器五花八门，有的祈祷，有的砸钱，有的求助草药，有的输入造血干细胞。在我看来，这种坚强往往不堪一击，不切实际的乐观往往下一秒就是排山倒海的绝望。不管怎么说，面对这种手术，有战士一样的斗志总是好的。手术室里，正在腐烂的深灰色肿瘤如同毫不留情的侵略者，入侵如同丰满桃子一般而又沟回错综的人脑。我感到真切的愤怒（找到你了，你这浑蛋。我往往小声咒骂）。割除肿瘤给人很大的满足感，就算我清楚那些微小的癌细胞已经在整个看起来还很健康的脑部扩散开来。不过这种几乎无法避免的复发，就等到时候再去考虑吧。一勺一勺地慢慢喂。开诚布公地与别人联结，并不意味着要一下子打开天窗把亮话全说了，而是要注意病人的接受程度，站在他们的立场，尽量引导他们走得远一些。

然而，开诚布公的联结，也是有代价的。

住院医生生涯第三年的一天傍晚，我遇到杰夫，血管外科的那个朋友，也和我一样，工作起来充满热情，要求很高，很专业。我们都注意到对方意志消沉并坦诚地指了出来。"你先说吧。"他说。我讲起一个孩子的死亡。只因不该穿某个颜色的鞋子，被人当头一枪，但他就差一点点就能活下来了……最近遇到太多手术都无能为力的致命脑瘤，我简直把这个孩子活下去的希望当作自己的救命稻草。结果他没活下来。杰夫欲言又止，我等着他的倾诉。结果他大笑起来，朝我胳膊打了一拳，说："嗯，我反正是学会了：要是对我自己的工作感到沮丧，就找个神经外科的聊聊，心里一下子就舒坦了。"

那天晚上我开车回家，此前我还语气轻柔地向一个妈妈解释说，她刚出生的孩子天生没有脑部，不久就会死亡。我打开了车上的收音机，NPR[1] 正在报道加州的持续干旱。突然间，泪水就顺着脸颊滑落下来。和病人一起共度这些时刻，当然是要付出感情代价的，但也有回报啊。我没有哪一天哪一秒质疑过自己为什么选择这份工作，或者问自己到底值不值得。那是一种召唤，保卫生命的召唤，不仅仅是保卫生命，也是保卫别人的个性，甚至说保卫灵魂也不为过。这种召唤的神圣之处，是显而易见的。

我意识到，在给病人的脑部做手术之前，我必须

---

1. 美国全国公共广播电台。

首先了解他的思想：他的个性，他的价值观，他为了什么活着，要遭遇什么样的灾难，才能合理地终止这条生命。我是如此渴望成功，也为此付出了很大的代价，那些无法避免的失败让我陷入负罪感之中，难以承受。正是这些负累，显示出医学的神圣性，同时也使得医学失掉它应有的效能：你背负起别人的十字架，注定有时候也会被它的重量压垮。

住院医生生涯进行到一半，我们会抽点时间来接受额外的训练。神经外科是个很特别的医学分支，光在神经外科上出色是不够的，还要成为对一切都精通的多面手。要做个好的神经外科医生，必须迎接挑战，在其他领域也出类拔萃。有时候跨界跨得很广，比如桑杰·古普塔[1]，既是神经外科医生，又是记者。不过大多数时候，医生还是会选择和医学有关的领域。最严苛而又最能取得盛名的道路，是成为神经外科医生兼神经科学家。

---

1. 桑杰·古普塔（Sanjay Gupta）：美国有线电视新闻网（CNN）首席记者，总爱在灾难和战争地区放下麦克风拿起手术刀，救治难民。

　　住院医生生涯第四年，我开始在斯坦福一个实验室工作。这个实验室主要致力于基础运动神经科学和神经假体技术的研发，后者能够让瘫痪的人用思维控制电脑光标或机器手臂。实验室的领导——一位电气工程和神经生物学的教授，也是第二代印度移民，我的同胞，大家都亲切地称他为"V"。V比我年长七岁，但我俩就像手足兄弟。他的实验室在读取大脑信号方面早已经取得世界上首屈一指的领先地位，但在他的悉心指导下，我另辟蹊径。我开始了一个相反的项目：将信号写入大脑。毕竟，要是你的机器臂无法感知握住酒杯的力度，那你会打碎很多很多的酒杯。不过，把信号写入大脑（也称"神经调控"），当然远远不止拿酒杯那么简单。如果能够控制神经放电，那么可以想见，目前很多神经学和精神科上的不治之症或棘手顽疾都能找到治愈的办法，从重度抑郁，到亨廷顿舞蹈症[1]，到精神分裂，到抽动秽语综合征[2]，到强迫症……实在是有无限的可能。我先把手术放到一边，开始学

---

1. 脑部退化疾病，症状表现为舞蹈性运动以及认知和行为障碍。

2. 神经系统疾病，症状表现为无法抑制本身的动作或者发声。

习应用基因疗法的新科技，做了一系列"首开先河"的试验。

在实验室待了一年，V 和我坐下来进行每周的例会。我逐渐喜欢上了这样的交谈。V 和我认识的其他科学家不一样，说起话来柔声细语，对人们有着深深的关爱，对临床医学也有着很深的使命感。他常常向我坦白，说希望自己也能做个外科医生。我逐渐了解到，科学，实在是最充满政治性、竞争最激烈、最你死我活的行业，处处布满了走捷径的诱惑。

而 V 是非常值得信任的，他总会选择脚踏实地地向前（而且常常很自谦）。大多数科学家都争先恐后地在最负盛名的期刊上发表文章，以求扬名科学界。而V 则坚持认为，我们唯一的职责，就是要坚定地维护科学的真实性，决不妥协。我从来没遇到过这么成功却又这么坚持善良美好人性的人。V 实在是个不折不扣的完美楷模。

我面对他坐下，看见他脸上没有笑容，只有痛苦。他叹了口气，说："我需要你马上变回一个外科医生。"

"好吧。"

"他们说我得了胰腺癌。"

"V……好吧，跟我详细说说。"

他诉说了体重逐渐下降、消化不良，和最近的"预防性"CT检查——在这个阶段照CT实在太不符合标准流程了——结果发现胰脏有包块。我们讨论了接下来要怎么办：不久的将来要面对可怕的胰十二指肠切除术（我告诉他"你会感觉像被卡车撞了"）；哪些外科医生是这方面最顶尖的；这个病会对他的妻儿造成什么影响；还有长期缺席的话，怎么来管理这个实验室。胰腺癌的预后非常糟糕，但当然无从得知这对V来说意味着什么。

他略显踟蹰。"保罗，"他说，"你觉得我的生命有意义吗？我做了正确的选择吗？"

真是令人震惊。我眼中的道德模范在面对死亡时，竟然也会问这些问题。

V的手术、化疗和放疗过程很艰难，但很成功。一年后他重返工作岗位，而我也即将回到医院继续临床工作。他的头发变得花白稀疏，眼中原本飞扬的神采也变得黯淡无光。我们最后一次每周例会时，他看着我，说："你知道吗？从今天开始，我才感觉一切都值得。是啊，为了我的孩子我什么都愿意承受，但从

今天开始，我才觉得一切痛苦都是值得的。"我们这些
医生让病人经历了人间地狱般的痛苦，而我们对此的
了解是多么贫乏啊。

住院医生生涯第六年，我又变成全职医生，只在
休息日和闲暇时候才去 V 的实验室做研究，而这样的
日子屈指可数。大多数人，甚至包括你最亲密的同事，
都不太能理解神经外科的住院医训练阶段是个怎么样
的"黑洞"。我最喜欢的一名护士，有一天一直加班到
晚上十点，协助我们完成了一台难度很大、时间很长
的手术。她对我说："谢天谢地，我明天休息，你也
是吗？"

"不是啊。"

"但是至少你可以晚点来上班什么的，对吧？你一
般什么时候到？"

"早上六点。"

"不可能，真的吗？"

"真的啊。"

"每天都是？"

"每天都是。"

"周末也是？"

"你别问了。"

住院医生中流传着一句话：日子很长，但年岁很短。神经外科住院医生的一天，一般从早上六点开始，一直持续到手术结束。具体何时结束，则部分取决于你在手术室的手脚麻利程度。

住院医生的手术技能高低，要从技巧和速度两个方面来判断。你不能粗枝大叶，也不能慢吞吞。从你第一次缝合伤口开始，要是花太多时间去死磕精确，助理们就会在一边讽刺："哎哟喂，我们遇到个整形外科的！"或者："你的策略我明白：等你把伤口的前一半缝完，后一半自己就愈合了！事半功倍——实在是高！"住院总医生会对新手建议："现在就要锻炼速度，技巧可以后面再培养。"手术室里，大家的眼睛总是盯着钟表。这是为了病人：他被麻醉多久了？长时间的手术中，神经可能被破坏，肌肉可能会坏死，肾脏可能会衰竭。也是为了所有人：我们今晚到底什么时候能出手术室？

我发现有两种节省时间的策略，可能最好的类比就是"龟兔赛跑"。兔子要多快有多快，手如疾风，器械哐啷作响，掉到地上；划开皮肤的时候，就像"唰"一下打开窗帘，骨粉还未尘埃落定，颅骨瓣就已经放在托盘上了。结果就是，切口可能这儿那儿的多个一厘米，因为位置找得不是特别准确。而乌龟呢，正相反，小心谨慎，步步为营，没有多余的动作，反复测量后来个"一刀准"，不需要反思或重复任何手术动作，一切都细致精准，井井有条。要是兔子的小错误太多，一直要调整补救，那么乌龟获胜。如果乌龟花太多时间去计划每一个步骤，那么兔子获胜。手术室里的时间很有趣，不管你是发疯般向前冲，还是稳扎稳打不紧不慢，都感觉不到时间的流逝。海德格尔[1]曾说过：无聊，就是感受到时间的流逝。那么，手术的感觉是完全相反的：全神贯注的工作让时钟的指针失去了意义，随便怎么走都行。两个小时也可能就像短短的一分钟。等最后一针缝完，给伤口上了药，正常的时间突然又开始了。你耳边几乎会听到飞快的"嗖嗖"声。然后你就开始想：病人什么时候醒过来？下

---

[1] 海德格尔（Martin Heidegger，1889—1976）：德国哲学家，二十世纪存在主义哲学的创始人和主要代表之一。

个病人什么时候推进来？我今晚什么时候能回家？

一直要到最后一台手术做完，我才会感觉到一天的漫长和自己沉重疲乏的脚步。离开医院之前还有几项行政任务，真像铁砧在敲打我疲惫的神经。

不能等到明天吗？

不能。

一声长叹。地球自转不停，太阳又要升起了。

我做了住院总医生，几乎所有的责任都落在肩上，成功的机会比过去更多，失败的可能也大得空前。失败的痛苦让我明白，专业技术上的出类拔萃，其实是道德要求。光有一颗善心是不够的，关键还是要靠技术。有时候一两毫米的差距，可能就是悲剧与胜利的分水岭。

有一天，马修再次入院了。这个得了脑瘤的小男孩，几年前住院的时候真是人见人爱。当时，他的下丘脑在肿瘤切割手术的过程中受到了微微的损伤。当时那个俏皮可爱的八岁男孩，现在变成了一个十二岁的怪兽。他一刻不停地暴饮暴食，常常充满暴力地拳打脚踢。他母亲的手臂上全是青紫的抓痕。最后马修被送进了专门的机构，就因为那一毫米的损伤，他变成了一个魔鬼。每次手术都是家人和医生共同做的决定，认为利大于弊，才会进行。但这样的事情仍然令人心碎。没人愿意去想，当马修二十岁的时候，体重高达三百磅[1]，会是什么样子。

有一天，我把一条九厘米长的电极放进病人脑中，治疗帕金森综合征引起的震颤。目标是丘脑底核，躺在脑中的一个杏仁形状的小东西，不同的部分支持着不同的功能：运动、认知和情感。手术室里，我们打开电流对震颤进行评估。我们全都盯着病人的左手，一致认为震颤的情况要好一些了。

接着，病人困惑地开了口，盖过我们纷纷表示肯定的低语："我感觉……特别悲伤。"

"关电流！"我说。

"哦，现在没感觉了。"病人说。

"那我们再试一下电流和阻抗，好吗？好，打开电流……"

---

1. 约136公斤。

"不，一切都……就是觉得……好悲伤，又黑暗，又……悲伤。"

"把电极拿出来！"

我们抽出电极，重新插进去，这次往右边移动了两毫米。震颤消失了。谢天谢地，病人感觉也不错。

一天深夜，我和神经外科一个主治医生一起动手术以纠正脑干畸形，名为枕下骨窗开颅术。这是最要求优雅精确的手术，这个部位大概是全身最难动手术的部位。不管你经验多么丰富，将脑干暴露出来本身就很具挑战性。但那天晚上，我觉得无比流畅，那些器械就像我手指的延伸：皮肤、肌肉和骨头似乎都是自己打开的，然后眼前就出现了那黄黄的、闪着亮光的、凸起的小东西，藏在脑干深处的包块。

突然，主治医生叫我停下。

"保罗，要是你再往深处多切两毫米，会有什么后果？"他指了指相应的部位。

我脑中掠过一幅幅神经解剖学的幻灯片。

"复视[1]？"

---

[1]. 通俗地说，就是看东西重影。

"不是，"他说，"闭锁综合征。"如果我多切了这两毫米，病人就会全身瘫痪，只剩下眼睛可以眨一眨。主治医生的眼睛没离开显微镜。"我之所以知道，是因为我第三次做这个手术的时候，就发生了这种情况。"

在神经外科，你必须对自己的技术精益求精，也需要努力确保病人的个性不受影响，仍然鲜活。决定手术，不仅要对自己的能力做出评估，也要深刻了解病人的特性，以及他／她所珍视的东西。脑中有些区域被看作是几乎不可侵犯的，比如大脑初级运动皮层，如果遭到破坏，就会导致相对应的身体部位出现瘫痪。但最神圣而不可触碰的皮质，是控制语言的，一般来说都在左脑，被称为韦尼克区和布罗卡氏区，一个理解语言，一个产生语言。布罗卡氏区的损伤会导致写和说的能力缺失，尽管病人对语言的理解能力依旧正常。韦尼克区的损伤会让人失去对语言的理解能力，虽然病人仍能说话，但说起话来会语无伦次，句不成句，毫无意义。如果两个区都遭到损伤，病人就变成了一座孤岛，人性最核心的部分永远消失。如果有人脑部受伤或中风，导致这两个区域的损坏，外科医生都会犹豫踌躇，犹豫该不该救这条命：要是没了语言，活着有什么意思？

　　做医学生的时候，我第一次遇到有这个问题的病人。六十二岁的男性，长了脑瘤。一天早上查房，我们走进他的病房，住院医生问他："麦克斯先生，今天感觉如何？"

　　"四六一八十九！"他回答，语气还挺亲切友好的。

　　肿瘤扰乱了他说话的回路，所以他只能说出一串串数字。但他照样可以说得抑扬顿挫，也能充分表现自己的情感：微笑、皱眉、叹气。他又说了一串数字，这次很着急。他想跟我们说什么，但这串数字没有任何实际的交流作用，只能从语气中听出他的恐惧和愤怒。查房的队伍准备离开病房了。出于某种原因，我徘徊在他的床前。

　　"十四一二八，"他抓住我的手，就像在哀求我，"十四一二八。"

　　"我很抱歉。"

　　"十四一二八。"他悲伤地说，直视着我的眼睛。

　　接着我就离开了，跟上大部队。几个月后，他死了。他想对世界传达的信息，也随之一起被埋葬了。

这些语言中枢遭遇肿瘤或畸形时，外科医生会做很多术前准备：一系列各种各样的扫描，事无巨细的神经心理学检查。不过，手术还是很惊险，因为病人是醒着的，还要不停地说话。等脑部暴露之后，肿瘤切除之前，外科医生会拿出手持电极，通过顶端的小圆球放电，麻痹一小片皮层，同时让病人做一系列口头活动：说出各种物体的名字，背诵字母表，等等。电极将电流传送到关键皮层区域时，就会干扰病人的表达："ABCDE 呃呃呃呃啊……FGHI……"这样一来，就比较清楚脑组织和肿瘤的分界，也可以判定哪些部分可以安全地割除。整个过程中病人一直是醒着的，忙着做一系列的口头活动，还跟在场的人聊天。

一天晚上，我正为这样一台手术做准备，看了病人的核磁共振结果，发现肿瘤完全覆盖了语言中枢。这可不是什么好现象。我看了下资料，发现医院的肿瘤组（包括外科医生、肿瘤学家、放射治疗师和病理学家的专家团队）下了判决，说这个病例太危险了，不能动手术。那这个主治医生怎么这么一意孤行呢？我心中有些愤然：有时候，说"不"是我们的职责。病人被轮椅推着进了病房。他双眼看定我，指着自己的头："这鬼东西要从我脑子里滚出去，听到了吗？"主治医生走进来，看到我脸上的表情。"我懂，"他说，"我花了整整两个小时劝他别做。没用的。准备好了吗？"

整个手术过程中，病人没有像通常那样背字母表或者数数，而是一直不停说着脏话，还颐指气使，指手画脚。

"那鬼东西滚出我脑子没？你们怎么慢下来了？快一点！我要它赶快滚。我可以在这地方待他妈的一整天，我不管，快点把它取出来！"

我慢慢地切掉那巨大的肿瘤，密切注意着他言语困难的蛛丝马迹。病人还在连珠炮似的唠叨咒骂，而肿瘤已经被放在培养皿上。他"无瑕"的大脑闪闪发光。

"怎么停了？你是浑蛋吗？我跟你说了，我要这鬼东西滚蛋！"

"做完了，"我说，"它滚蛋了。"

他怎么还能说话？这么大的肿瘤，在这么危险的区域，这简直不可能。根据推测，脏话和其他语言的回路可能略有不同。也许肿瘤让他的大脑进行了某种重组……

但眼前要先缝合头盖骨呀。明天再慢慢想吧。

我的住院医生生涯到达了一个高峰。关键的手术我都做得很熟练了。我的研究获得了业内各种最高奖项。工作邀请从全国各地雪片般飞来。斯坦福有个职位在招人，完全就是我的方向，他们需要一个神经外科医生兼神经科学家，专攻神经调控的专业技术。我手下一个年资不高的住院医生跑到我身边说："刚听大老板们说啦，要是他们雇了你，你就是我的专业导师哦。"

"嘘，"我说，"说了就不灵了。"

我的感觉是，生理、道德、生命与死亡这些原本各自为阵的绳索，终于开始彼此交织了，慢慢成形，就算不是一个完美的道德系统，至少也是连贯一致的世界观，我在其中也占有一席之地。在要求很高的领域工作的医生们，见到病人的时候，都是他们最艰难的时候，也是最真实的时候，因为他们的生命与个性受到威胁。医生们的职责，包括去了解病人的生命因为什么而宝贵，而值得一活，并好好计划，可能的话，要尽可能保留这些东西——如果不行的话，至少让病人的离去安详体面。掌握这样的权力，就需要有很强的责任感，有时也掺杂着愧疚和自我责备。

我在圣地亚哥参加一个会议，电话响了，是和我同期的住院医生维多利亚。

"保罗？"

出事了。我胃里一阵抽搐。

"怎么了？"我说。

沉默。

"小维？"

"杰夫，他自杀了。"

"什么？"

杰夫即将完成在中西部医院的专科训练，我俩都忙得跟苦力似的……一直没联系。我努力回想我俩上一次聊天，但想不起来了。

"他，嗯——应该是遇到很棘手的并发症，他的病人死了。昨晚他爬到医院楼顶，跳楼了。其他的我也不知道了。"

我想再问点什么，憋了半天没想出来。我只能想象那种排山倒海般的负罪感，如同汹涌的大浪，在楼顶把他抛起又甩了下去。

我绝望地想，要是那天晚上我能陪着他走出医院的门就好了。我多么希望我俩能像以前一样，彼此同情，互相安慰。我曾跟杰夫谈过我一路走来对生命的理解，和对我们选择的这种生活的理解，我多么希望能再听听他睿智而机巧的忠告。死神不会放过我们任何人。这是我们和病人——活着，呼吸着，新陈代谢着的有机体——的命运。大多数人从生到死，都是被动的——这是你和你身边的人需要接受的现实。但杰夫和我，多年勤学苦练，积极地与死神纠缠扭打，像雅各布和天使搏斗[1]。在这个过程中，也不断直面和拷问生命的意义。我们背负着无形的枷锁，肩负着生死攸关的责任。也许病人鲜活的生命就握在我们手中，但死神总是最后的胜者。就算你是完美的，这个世界却不是。秘诀在于，支撑我们继续下去的秘诀在于，明白打从发牌的那一刻起，你已必输无疑，你会手滑，你会判断失误，即便如此也要拼尽全力为病人奋战到底。你永远无法到达完美的境地，但通过不懈的努力奋斗和追求，你能看见那无限接近完美的渐进曲线。

---

[1]. 雅各布和天使搏斗是《圣经·旧约》中记载的一个故事。

第二部

至死方休

如果我编书，就要汇编一部人类死亡记录，同时附上以下注解：教会别人死亡的人，同时也能教会人生活。

——《探究哲理即是学习死亡》，米歇尔·德·蒙田[1]

---

1. 米歇尔·德·蒙田（Michel de Montaigne，1533 — 1592）：文艺复兴时期法国作家，人文主义思想家。

医院病床上，露西和我相拥流泪。CT 扫描的图像仍然在电脑屏幕上闪烁。我作为医生的身份特性已经不重要了。癌症入侵了多个器官系统，诊断结果已是一目了然。病房里静悄悄的。露西说她爱我。我说："我不想死。"我叮嘱她要再嫁，一想到她可能孤身一人，我就无法忍受。我告诉她我们应该立刻重新申请抵押贷款。我们陆陆续续打电话告知亲友们这个噩耗。过了一会儿，维多利亚到病房来了，我们讨论了扫描结果，和未来可能采取的治疗方案。她说起将来重返住院医生岗位的流程，我示意她别说了。

"维多利亚，"我说，"我再也不可能以医生的身份回到这家医院了，你不觉得吗？"

我生命的一个章节似乎已经结束，也许整本生命之书都已临近尾声。我不再是牧师或牧人，可以协助生死的过渡；我发现自己就是那茫然困惑、不知所措、需要度化的绵羊。重大疾病不是要改变人生，而是要将你的人生打得粉碎。感觉仿佛神迹降临，强烈的光突然刺进眼睛，照射出真正重要的事情；其实更像有谁刚刚用燃烧弹炸毁了你一心一意前进的道路。现在我必须绕道而行。

弟弟吉旺来到我床前。"你已经很成功了,"他说,"你知道的,对吗?"

我叹了口气。他当然是好意,但这些话非常空洞,没有意义。我之前的人生一直在积累潜力,现在这些潜力都将是无用的了。我本来有那么多计划,并且眼看就要实现了。如今我体力不支,重病缠身,我想象的未来和个人的身份认同轰然崩塌。我面对着我那些病人曾经面对过的,有关"存在"的窘境。

肺癌确诊了。我精心计划和辛苦创造的未来消失得无影无踪。我在工作中那么熟悉的死神,现在亲自来做私人拜访了。我们终于狭路相逢,正面交锋。然而,我似乎一点也认不出面前这位死神。多年来我治疗过无数病人,如今自己站在这个十字路口,我本应该看到和跟随他们密集的脚印,然而眼前却是一片白色沙漠,空空荡荡,艰险残酷,荒无人烟,闪着刺眼的光,仿佛一场暴风雨过境,抹去了所有熟悉的痕迹。

夕阳西下。第二天一早我就要出院了。我和肿瘤医生约在那周晚些时候见面,但护士告诉我,我的肿瘤医生晚上下班去接孩子之前,会来看看我。她叫艾玛·海沃德,想在正式治疗开始之前先打个招呼。我和艾玛算是认识，之前接过她的一些病人。但除了偶尔因为工作上的事情接洽一下之外，没有过其他接触。我的父母兄弟们也在病房里，各自待着，没说什么。而露西一直坐在床边，握着我的手。门开了，艾玛走了进来，她那身白大褂一看就知道穿了一整天，而且是很漫长的一天。但她的笑容很精神、很明朗。跟在她后面的是她的手下的专科训练医生和住院医。艾玛只比我年长几岁，深色的长发，不过有点灰白的迹象。反正和死神打交道的人，几乎都有过早白头的状况。她拉了把椅子坐下。

"你好，我叫艾玛，"她说，"今天只能待一会儿，很抱歉。但我还是想过来，做个自我介绍。"

我们握手。我的胳膊和输液杆纠缠在一起。

"谢谢你过来，"我说，"我知道你要去接孩子。这些是我的家人。"她向露西点头致意，接着又向我爸妈和兄弟们问好。

"很遗憾，你遇到这种事情，"她说，"很遗憾你们遇到这种事情。过几天我们再长谈。我已经让那边开始检测你的肿瘤标本了，这样治疗也好有个方向。可能用化疗，也可能不用，要看检测结果了。"

十八个月前，我因为阑尾炎住院。那时候大家都不把我当病人看，我还是他们的同事，甚至是我自己的医疗顾问。我觉得现在也应该一样。"我知道现在不是时候，"我开口了，"但过几天想跟你谈谈卡普兰 - 迈耶生存曲线。"

"不行，"她说，"绝对不行。"

短暂的沉默。她怎么敢这么说话？我心想。在我这样的医生眼里，这条曲线使我们得以理解预后。我有权利知道啊。

"我们后面再谈治疗方案，"她说，"还可以讨论一下你回来工作的可能性，如果你愿意的话。传统的化疗组合是用顺铂、培美曲塞，可能还要加上贝伐珠单抗，但是引起周围神经病变的概率很高。所以我们可能会把顺铂换成卡铂，可以更好地保护你的神经，因为你是个外科医生。"

回来工作？她在扯些什么啊？她是出现幻觉了，还是说我对自己的诊断大错特错了？还有，要是不对我余下的生存时间做个切合实际的估计，这些都怎么谈啊？过去几天那种天旋地转的眩晕感又席卷而来。

"细节我们后面再说吧，"她继续道，"我知道，眼前这些就够你消化的了。我现在来主要是想在周四之前先见见你们大家。那么今天，除了生存曲线之外，还有什么需要我帮忙的吗？还有什么问题吗？"

"没有了。"我还晕着呢，"谢谢你过来。真的很感谢。"

"这是我的名片，"她说，"还有诊室的电话。我们下次见面之前这两天，要是遇到什么事，尽管打电话好了。"

我的亲朋好友很快寻遍了各自在医疗行业的人脉，看谁是美国最好的肺癌医生。休斯敦和纽约有比较大的肿瘤中心，我是不是应该去那样的地方接受治疗？至于怎么搬过去，或者暂时转院之类的具体操作问题，就到时候再说了。结果大家很快得到答案：艾玛是全国顶尖、世界知名的肿瘤医生，在一个国家级的癌症咨询委员会做肺癌方面的专家；不仅如此，她还是个很会理解病人的好医生，知道何时进，何时退。我略略想了想冥冥中的一系列事件：我满世界飘游，然后电脑随机地进行一通匹配，我就到这里做了住院医生，最后被诊断出绝症，又被分配到一个最好的医生手里。

这一周的大部分时间，我都卧床不起。癌症在进一步恶化，我明显更虚弱了。我的身体，与其本身自带的特性，发生了根本的变化。上床休息或者下床上厕所已经不是一个自然而然的皮质下运动程序，需要费大力气，还要事前做好计划准备。理疗师们列了一张单子，要准备些东西，好让我出院回家也住得舒服：一根手杖、特制的马桶座圈、休息的时候垫在腿部的泡沫板；还开了一堆新的止痛药。我迈着蹒跚的步子走出医院的时候，真是想不通，仅仅六天前，我还在手术室一站就是将近三十六个小时，难道一周的时间，就变得这么虚弱了？是啊，某种程度上说是这样。不过，那三十六个小时，我也是用了些小办法，同时在有别的医生合作的情况下才挺过来的，而且，即便如此，手术过程中我也感到身体剧烈疼痛。现在，CT 片和检测结果都显示了，不仅是癌症，而且是扩散到全身的癌症，病入膏肓，死之将至。难道因为自己的恐惧被证实了，我就不再坚持一个医疗工作者对工作、对病人、对神经外科、对完美的职责和追求，不再硬撑了吗？我心里给出了肯定的答案，这样一来就有个悖论：我就像个正接近终点线，却轰然倒地的长跑运动员。照顾病患的责任再也驱动不了我前进，因为我自己已经成了个病人。

通常遇到情况特殊的病人时，我会去咨询相关专家，也会去读相关资料。眼下的情况似乎也没什么区别。我开始查阅化疗资料，看到种类繁多的药剂，还有更为现代和先进的疗法，主要针对某些特定的基因突变。我脑子里冒出数不清的问题，根本无法进行有效的直接研究。（亚历山大·蒲柏[1]说过："一知半解最危险；饮则深透畅饮，否则尝不到知识的甘泉。"）由于没有相关的医疗经验，我在这样一个全新的信息世界里，真是找不着北，也没法在卡普兰-迈耶曲线上给自己定位。我只好有所期待地等着和医生见面。

不过，做得最多的事，还是休息。

我坐在那儿，盯着一张露西和我的合影出神。那是医学院时期照的，我们在跳舞，在开怀大笑。真是太忧伤了，照片里的两个人，正一起计划着新生活，对以后的苦难毫不知情，我也从未怀疑过自己的身体会出什么问题。我的朋友劳里在遭遇车祸去世时，也

---

1. 亚历山大·蒲柏（Alexander Pope，1688—1744）：十八世纪英国诗人，启蒙主义者。

是有未婚夫的——这是不是比我眼前的情况更残酷？

我从一个医生，一下子变成了病人，整个过程真是措手不及，慌张忙乱，我的家人也被卷入其中。我们在一家药店开了账户，定期把药邮寄到家；订购了一个床栏，还买了一个根据人体工程学设计的床垫，帮我缓解剧烈的背痛。我们本来有个理财计划，几天前还充满信心地觉得，未来一年我的收入会翻个六倍。而现在，这个计划风雨飘摇。好像必须要运用新的理财工具来给露西的未来提供保障了。我爸说，要是真的改变计划，那就是在向癌症投降。他觉得我能战胜癌症，会奇迹般地痊愈。唉，这话我听病人家属说过多少次了？每到这个时候，我都不知道该跟他们说什么。现在，我也不知道该跟自己的父亲说什么。

难道还能反着说吗？

两天后，露西和我去诊室见了艾玛。爸妈在候诊室坐立不安地等着。助理医护人员检查了我的生命体征。艾玛和主管护士分秒不差地到了。艾玛拉了把椅子在我身边坐下，和我面对面，我们注视着彼此的眼睛。

"又见面了，"她说，"这位是艾丽克西斯，我的得力助手。"她指了指坐在电脑前做记录的护士，"我知道我们要谈很多问题，但我要先问问，你怎么样？"

"大体上来说，还行。"我说，"反正嘛，'度假'挺开心的。你怎么样？"

"哦，我很好。"她有些迟疑。一般来说病人是不会回问医生这个问题的，但艾玛也是我的同事啊。"这周我负责住院部，你也知道是啥样的。"她笑了。露西和我当然完全了解。门诊的医生会定期去住院部轮班，本来每天都忙得焦头烂额了，这样一来工作时间又会延长好几个小时。

我们又互相插科打诨一番，然后自然而然地谈起肺癌研究的情况。艾玛说，有两条路可选。传统的方法就是化疗，主要是针对快速分裂的细胞：首当其冲的自然是癌细胞，但也会影响骨髓、毛囊和肠道等多处的细胞。艾玛回顾了各种数据和不同的方案，也是把我当作一个医生在进行解释，但对卡普兰-迈耶生存曲线还是只字不提。不过嘛，现在有了新的治疗方法，专门针对癌症特异的分子缺陷。我听说过有关这些疗法的一些传言，也为取得的进展惊讶不已。据说这一直是攻克癌症领域的一座圣杯，似乎让"某些"病人得以长长久久地活下去。

"你的大部分检查结果都拿到了，"艾玛说，"你有PI3K[1]基因突变，不过现在还说不准到底意味着什么。你这样的病人最常见的就是EGFR[2]突变，但检查结果还没拿到。我猜你应该是有突变的，要是真的如我所说，那就不用化疗，可以吃一种叫特罗凯的药。明天星期五，结果就应该出来了。但是你病得这么重，我已经帮你安排了下周一开始化疗，免得检查结果出来是阴性的。"

我立刻对她产生了一种亲近感。我做神经外科手术也是如此，随时都有方案 A、B、C，以防万一。

"如果化疗，那我们主要问题在于选择卡铂还是顺铂。在独立的研究中，头对头比较表明卡铂的耐受性更好。顺铂的治疗效果可能更好，但毒性要高很多，特别是对神经的损伤很大。不过这方面的各种数据都有点旧了，也没法直接和我们的现代化疗法做对比。

---

1. 磷脂酰肌醇 -3- 激酶。

2. 表皮生长因子受体。

你有什么想法吗？"

"我不太在意以后还能不能做手术。"我说，"我一辈子还能做很多事情。如果双手不行了，我可以找其他的工作，或者就不工作，诸如此类。"

她稍稍犹豫了一下："那我问你：做手术对你来说重要吗？是你想做的事情吗？"

"嗯，是啊。我人生有三分之一的时间都在为这个做准备。"

"好。那我就建议还是用卡铂。我想不大会改变生存的概率，但是会很大程度上改变你的生活质量。你还有什么问题吗？"

她似乎很清楚前进的方向，我也乐于追随。我开始说服自己，也许，再次拿起手术刀是有可能的。我感觉自己轻松了些。

"我能抽烟吗？"我开了个玩笑。

露西哈哈大笑。艾玛却翻了个白眼。

"不行。还有什么严肃的问题吗？"

"卡普兰 - 迈耶——"

"那个我们就不谈了。"她说。

我不明白她为什么这么抗拒。毕竟，我是个医生，很熟悉这些数据。我自己也能查到……那我也只好这么干了。

"好吧,"我说,"那一切都很清楚了。就等明天你拿到 EGFR 结果了。如果有突变,我们就开始吃那个药——特罗凯。如果没有,那就周一开始化疗。"

"对。我还希望你清楚一件事:现在我是你的医生。你有任何问题,不管是接受家庭医生的治疗还是其他什么,你都要第一时间来找我们。"

又是一阵强烈的亲切感。

"谢谢,"我说,"住院部值班好运。"

她离开了,但片刻之后又探头进来:"这事儿你想拒绝就拒绝,不过有些肺癌相关的募款组织想见见你。你别急着表态,自己先想想,感兴趣的话,就跟艾丽克西斯说一声。别做任何你不愿意的事。"

我们离开诊室,露西说:"她很棒,很适合你。不过……"她笑了,"我觉得她喜欢你。"

"所以呢?"

"嗯,有个研究说,医生在诊断有自己个人感情的病人时,表现比较糟糕。"

我大笑一声,说:"现在那么多烦心事,这事儿估计是最不用操心的了。"

我开始意识到，如此接近自己的死亡，好像什么都没改变，又好像一切都改变了。查出癌症之前，我知道总有一天我会死，但不知道到底是哪一天。查出癌症以后，同样地，我知道总有一天我会死，但不知道到底是哪一天。不过，我对死亡的感觉变得更尖锐和强烈了。这个问题已经不是科学层面可以解决的了。死亡临近的事实令人坐立不安，但也没有其他办法可以绕道而活。

慢慢地，医学上的迷雾也"拨云见日"——至少现在我掌握了足够的信息，可以尽情翻阅相关资料了。虽然各项数据还是很模糊，但至少可以说，EGFR 有突变的话，大概平均能多活一年，甚至还有长期生存下去的可能性；如果没有，那就有 80% 的概率在两年内死亡。要搞清楚我还能活多久，还需要等待检查结果。

第二天，露西和我去了精子银行，我留下一些生殖细胞，也给自己多留了条路。我们原本计划等我住院医生的生涯结束后就要孩子，但现在……抗癌药物对我的精子的影响还不得而知，所以，如果还想要孩子，我们不得不在开始治疗之前冷冻一些精子。一个年轻姑娘给我们介绍了各种付款方式、储存方式，还有关于所有权的法律表格。她桌上摆着各种五颜六色的小册子，都是年轻癌症患者的社交活动宣传：即兴表演小组、无伴奏合唱小组、开放式表演晚会，等等。我忌妒小册子上那些欢快的脸庞，因为，从数据上说，这些人得的癌症应该都比较容易治疗，剩余的寿命也应该比较长。三十六岁就得肺癌的概率只有 0.0012%。诚然，得了癌症都是不幸的，但癌症和癌症也是有区别的。如果得了"那种癌症"，那你是真的很不幸。姑娘问我们，要是我们其中一个"不幸去世"，该怎么办，法律上来说谁拥有这些精子。泪水从露西脸上滑落。

英语里的"希望（hope）"这个词出现在大概一千年前，融合了信心与渴望的含义。但我现在渴望的是活下去，有信心的却是死亡，这两者可是截然相反的啊。那么，当我说起"希望"的时候，是不是"为没有根据的渴望留下一些空间"的意思呢？不是的。医学统计不仅仅会显示平均生存时间这一类数字，也会测量我们对这些数据的信心水平，使用的术语包括置信度、置信区间和置信域等。所以，我口中的"希望"，是不是指"为一个统计学上不大可能但仍然说不准的结果留一点空间，相信自己能超越95%的标准置信区间活下来"呢？这就是"希望"吗？我们能不能把这个曲线准确地划分区域，从"崩溃"到"悲观"到"现实"到"希望"再到"幻觉"呢？还是说数字就只是数字？我们难道不都曾怀着希望，觉得每个病人都能奇迹般地超越平均值吗？

我发现，当自己成为这个数据中的一员时，我与数据的关系，就完全改变了。

住院医生时期，我曾经和无数病人与家属谈过残酷的预后状况：这是一个医生最重要的工作之一。如果这个病人已经九十四岁高龄，痴呆症晚期，严重脑出血，谈起来倒是比较容易。但是像我这样的病人，三十六岁，癌症晚期，那真是不知道说什么好。

医生之所以不跟病人谈具体的预后状况，不仅仅是因为他们不能。当然，如果一个病人的期望实在太不切实际，比如有些人觉得自己能活到一百三十岁，有的又觉得皮肤上长了几个微不足道的斑点就是将死的征兆，那么，医生应该引导他们，让他们的想法变得合理一些。病人们寻求的，不是医生们没说出口的科学知识，而是那种必须靠自己才能获得的稳妥的真切感。过于深入地谈论统计学数据，就像给干渴的人喂太咸的水，无异于饮鸩止渴。面对死亡产生的那种焦虑，远不是数据上的"概率"可以缓解的。

从精子银行回到家，我接了个电话，被告知的确有 EGFR 突变，可以治疗。谢天谢地，不用去化疗了，我要开始服用特罗凯这种小小的白色药片了。我感觉自己一下子强壮了许多，而且突然有了一丝希望，虽然如今的我已经不太明白"希望"的真正含义。笼罩在我生命周围的迷雾又消散了一点点，露出一线蓝天。接下来的几周，我又有胃口了，体重回升了一些；我长了严重的痤疮，不过这通常代表药效良好。露西一直很喜欢我光滑的皮肤，但现在上面痘疮遍布，再加上我还在使用抗凝和抗血小板药物，所以这些疮疤总在流血。如果说以前我身上还有些地方称得上"帅气"的话，现在这种气质正在慢慢地流失，不过，公平地说，我宁愿丑一点，也要保命啊。露西说她还和以前一样爱我的皮肤，才不管痤疮什么的呢。然而，尽管我很清楚人的特性不仅来自大脑，但现在也只能完全听大脑的摆布和支配了。那个热爱远足、露营、跑步，会通过热情的拥抱来表达爱意，会把侄女高高抛起逗得她咯咯直笑的男人，已经一去不复返了。我充其量也只能把他作为"奋斗目标"而已。

我和艾玛每两周见一次，一开始，我俩的讨论就从医学方面的问题（"皮疹感觉好些了吗？"）上升到更具有存在主义意义的话题。通常来说，得了癌症的人都会选择休假，和家人一起，慢慢接受现实。这也是我的选择之一。

"很多人一查出癌症就彻底辞职了，"她说，"但有的人又更加全身心地投入工作。无论怎样都行。"

"我早就给自己做了四十年的职业规划，头二十年是外科医生兼研究人员，后面二十年去写东西。但是现在我基本上就在'后面二十年'了，也不知道该做什么了。"

"嗯，这个我没法说。"她说，"我只能说，如果你愿意的话，可以重返手术台，但你必须搞清楚，对你来说最重要的是什么。"

"如果我知道自己还剩多少时间，那就比较容易决定。如果我还有两年，那我就去写东西。如果还有十年，那我就回去做手术，做研究。"

"你也知道，我没法跟你说到底还有多少年。"

是啊，我知道。她经常"打太极"，说我要自己去找到自己的价值。我觉得这是在逃避：好吧，可以啊，反正我也从来不跟病人说具体的时间，但我可是一直都很清楚病人该做些什么的呀，不然我怎么去做那些生死攸关的决定？接着我想起我犯过的错误：有一次，我建议一家人撤掉儿子的生命维持系统。结果两年后，那对父母又出现在我面前，给我看一段网上的视频，是他们的儿子在弹钢琴。他们还给我带来了纸杯蛋糕，感谢我挽救了那孩子的生命。

我又开始和好些相关的医疗人士定期见面，和肿瘤专家的约诊当然是最重要的。但这还不够，露西坚持带我去见一个专门针对癌症病人的夫妻关系专家。专家的诊室没有窗户，露西和我坐在并排的扶手椅中，详细讨论了我的病会对两人现在和将来的生活造成何种影响，还有未来将面对的已知与未知的痛苦，对生活做出计划的困难，以及彼此陪伴的必要。说实在的，癌症，其实从一定程度上拯救了我们的婚姻。

"嗯，在这件事情上，你俩比我见过的任何夫妻处理得都要好。"第一次访谈结束后，专家说，"我还真没什么建议可以给你们的。"

走出诊室的时候，我大笑起来，至少我又在什么事情上杰出了一把。这么多年帮助那些绝症患者，还是有收获的！我转身看着露西，本以为她也在微笑，但她却不停摇着头。

"你没听明白吗？"她握住我的双手，"如果我们就是做得最好的，那说明没有好转的余地了。"

如果死亡的沉重感不会减轻一分一毫，那么至少，能不能变得更习以为常一些？

被诊断出绝症之后，我开始从两个角度去观照这个世界：分别用医生和病人的身份去看待死亡。作为医生，我知道不要去宣称什么"抗癌是一场战斗，我会赢"，也不要问"为什么是我"。（答案是：为什么不是我？）我很了解相关的医疗服务、并发症和治疗方法。我很快从肿瘤专家和自己的研究中得出结论——肺癌第四期，在今天的医疗界看来，已经不是那种无可改变的绝症，就像二十世纪八十年代末的艾滋病：依然是一种快速导致死亡的疾病，但由于多个新的治疗方法，患者的生存期有史以来第一次得到了延长。

因为我受到医疗和科研方面的训练，所以有能力分析各种数据，也接受数据分析本身的局限，即它无法判定我的预后。然而，这并不能使我安于病人的角色。那些训练无法给露西和我一个确切的答案，到底要不要往前一步，生个孩子；也无法告诉我们，当我的生命正在消逝时，去培养一个新生命，到底意味着什么。我也不得而知，在不能保证充足时间的情况下，还要不要去为我的事业抗争，重新去实现我多年来一心一意立下的雄心壮志。

和我过去的病人一样，我也必须面对自己即将死亡这个事实，努力去弄清楚是什么让我这辈子值得一活。我需要艾玛的帮助。医生和病人的双重身份让我有种撕裂的感觉，我一边钻研医学，一边又转向文学作品寻找答案。面对自己的死亡，我在挣扎，是重建旧生活，还是去寻找新生活？

不过我每周的主要时间并非在进行认知疗法，而是接受物理治疗。每个我经手的病人，几乎都被送去接受过物理治疗。结果现在我才震惊地发现，原来过程是这么艰难。作为医生，你当然了解生病是怎么回事，但如果不亲身经历，你就不算真正了解，跟坠入爱河或者生孩子是一样的。堆积如山的病历表格需要填写，还有其他烦琐的小事，都会让你心烦意乱。比如，输液的时候，液体进入血管时，嘴里真的会涌起一股咸味。他们告诉我，人人都是这样，但从医十一年的我是头一回切身体会。

在物理疗法上，我还没进展到举重物的那一步，只是抬抬腿什么的。这就已经累得我筋疲力尽了，真是丢脸。我的脑子还在，但根本找不回以前的自己了。我身体很虚弱，不堪一击，那个能跑完半程马拉松的人，似乎已成为遥远的过去。而这种无力感改变了你的特性。难以忍受的背痛可以塑造你的特性，疲乏与恶心的感觉也可以。负责我物理治疗的教练凯伦问我有什么目标，我说了两个：可以骑自行车，可以出去跑个步。身体虚弱了，决心就变得很重要。我每天都坚持锻炼，力量每增加一点，我的世界就更宽广一点，我自身的可能性也就更多一点。我开始在锻炼时增加每组的数量、重量，延长锻炼时间，逼着自己一直练到想吐为止。两个星期后，我可以连坐三十分钟不觉得累，也能跟朋友出去吃个晚饭了。

一天下午，露西和我开车到了幽谷路——骑单车的好地方，也是我们的最爱。（出于个人的骄傲，我得说一句，一般来说，我们都是骑车去那里的，但我这弱不禁风的身子骨，骑车怕是爬不上那些小山坡了。）我左摇右晃地骑了十公里左右。去年夏天，我可是轻轻松松就骑了将近五十公里啊，现在和那时比起来真是天壤之别。但至少我还是在两个轮子上坐稳了。

这到底是胜利，还是落败？

我开始期盼和艾玛见面。在她的诊室里，能有种找回自我的感觉，至少是某一个自我。走出她的诊室，我就又不知道自己是谁了。我没有工作，过去的那一个自己，那个神经外科医生，那个科学家，那个相对来说眼前有一片光明坦途的年轻人，仿佛迷失在了某个地方。在家里，我虚弱疲惫，也不是露西的好丈夫。如果我的人生是由很多句子组成的，那我已经从每个句子的主语，变成了直接的宾语。十四世纪的哲学专著中，"病人（patient）"这个词的意思就是"一个动作的对象"，这就是我现在的感觉。作为医生的时候，我是动作的发出者，动作的原因，但作为病人，我仅仅是某个事件发生的对象。然而，一进艾玛的诊室，露西和我就能轻松自在地开玩笑，你一言我一语地说着医学术语，敞开聊我们的希望与梦想，试着制订下一步的计划。已经两个月了，对于我生命还剩多久的预言，艾玛仍然语焉不详。而且我无论说起什么相关的数据，她都断然制止，提醒我好好注重自己的价值。尽管我对此略有不满，但至少在她这儿，我感觉自己是个人，活生生的人，不仅仅是一个"热力学第二定律"（有秩序之物都倾向于变得混乱和衰退）的例子。

面对死亡，很多决定都显得迫在眉睫，没有退路，容不得一点优柔寡断。对于露西和我来说，所有决定中最紧迫的是：我们该不该要个孩子？就算我的住院医生生涯快结束时我俩的婚姻关系有点紧张，但我们彼此一直是非常相爱的。我们的关系仍然非常深厚，我们分享生命中最重要的东西，也携手成长。如果人与人之间的关联性是人生意义的基石，那么生儿育女就为这个意义增添了新的维度。要孩子是我们一直渴望的事情，而现在我们仍然被这种本能驱使着，想为家中的餐桌再添一把椅子。

我们俩都渴望为人父母，同时又极力为对方着想。露西当然希望我还能多活几年，但也很理解我预后的情况，觉得应该由我来选择余生是否想当爸爸。

"你最害怕，或者最伤心的是什么？"一天晚上，我们躺在床上，她问我。

"离开你。"我告诉她。

我知道，一个孩子能给整个家带来欢声笑语。我根本不忍心去想，等我撒手人寰后，露西既无丈夫又无孩子陪伴的样子。但我坚持，最终的决定必须由她来做：毕竟，她很有可能需要独自抚养这个孩子；随着我病情的恶化，她可能还要同时照顾我们俩。

"生了孩子，会不会影响我们在一起的时光？"她问，"你不觉得，向自己的孩子告别，会死得更痛苦？"

"如果真的是这样，那不是很好吗？"我说。露西和我都觉得，生活绝不是要一味地躲避痛苦。

多年前我就发现，达尔文和尼采有一个观点是一致的：生物体最重要的特征就是奋斗求生。没有奋斗的人生，就像一幅画里身上没有条纹的老虎。多年来与死亡并肩而行的经历，让我更深刻地懂得，最轻易的死亡有时候并非最好的结局。我们就此事进行了长谈。家人也表示支持，并给予祝福。我们决定要孩子。

我们要继续活着，而不是等死。

由于我在吃药，借助外力来怀孕看来是唯一的选择。我们去找了帕洛阿尔托一家生殖内分泌诊所的专家。她雷厉风行，非常专业，但显然，她之前接触的大都是不孕不育的病人，对于我这种时日无多的绝症患者，还很缺乏经验。她给我们说了一连串相关的东西，眼睛一直盯着笔记本：

"你俩试了多久了？"

"这个嘛，我们还没试呢。"

"哦，对。当然。"

最后她问道："根据你的……呃……情况，我猜你们应该想快点怀孕吧？"

"是的，"露西说，"我们想马上开始。"

"那我建议你们先尝试一下体外授精。"她说。

我说，我们想尽量减少培养和破坏的胚胎数量。专家看上去满脸疑惑。大多数来这儿的人都是怎么方便怎么来。但我下定决心，一定不能在我死后让露西面对好多胚胎，不知如何是好。那是我俩共享的基因组，也是我留存在世界上最后的遗物，封存在某个地方的冰柜里，要毁灭掉太痛苦，又不能把它们变成真正的人——毕竟现在的技术有限。然而，几轮子宫内授精的操作之后，很显然我们需要借助更高深的技术：我们至少需要培养几个试管胚胎，然后移植最健康的那个。其他胚胎只能自生自灭。就连一个新生命诞生的过程，死亡也占有一席之地。

治疗开始后六个星期，我去做了一次CT，看看特罗凯的疗效。从扫描仪里出来后，CT室的技师看着我说："医生，这本来是不合规矩的，但你如果想看看就去看吧，电脑在那边。"我把指示器上的图像上传到电脑，把自己的名字打了进去。

长痤疮是令人安心的好现象。我的肢体力量也有所恢复，尽管背痛依然剧烈，疲乏感还是不断袭来。我坐在那儿，回想艾玛说的话，不管肿瘤生长情况如何，只要是比较小规模的生长，都算是治疗有效果。（当然，我父亲之前预言说，一切癌细胞都会消失。"你的片子上肯定什么也没有，保比！"他喊着家人对我的昵称，郑重其事地宣布。）我不断对自己重复，就算是小规模的生长，也是有疗效的，然后深呼吸一下，在屏幕上点开图像。我的肺部，之前散布着数不清的肿瘤，现在却非常清晰，只有右肺上叶有一个一厘米左右的小瘤子。看得出来，我的脊椎也开始康复。很显然，肿瘤大大减少了，实在令人始料未及。

我大大松了一口气。

我的癌症病情稳定下来了。

第二天，我们去见艾玛，她仍然不愿意预测生命周期，但有点松口了："你现在好转了很多，我们可以改到每六个星期见一次面了。下次见面的时候，我们可以谈谈你未来的生活了。"我感觉到，过去几个月来的那种混乱恐慌在逐渐退却，新的秩序开始慢慢建立。我对未来那种心急火燎的紧张感也放松下来了。

那个周末，有个当地斯坦福神经外科毕业生的聚会，我很期待，因为又有机会寻找一下过去的那个自己了。然而，去了现场才发现，两相比较之下，自己现在的生活显得更不可思议了。我周围这些人，身上洋溢着自信与抱负的气息，他们的生命有着无限的可能性。有的和我同届，有的是前辈。我已经远离他们的生活轨迹了，他们的身体还能够支撑八个小时的残酷手术。他们的生活如同美妙的圣诞颂歌，我却陷入了"倒带"的苦恼。维多利亚兴高采烈地拆着"礼物"：各种津贴补助、工作机会、发表文章。我本来也应该和她一样的。我的那些前辈则展现着我再也不敢去想的未来：年轻有为，拿各种大奖，升职加薪，乔迁新居。

没人问我接下来有什么打算，这倒是让我松了口气，因为我什么打算也没有。我现在走路倒是不用拐杖了，但人生的前路仍然像瘫痪病人一样，充满不确定：我会成为一个什么样的人，继续走在人生之路上呢，能走多久？继续做一个病人？搞科研，当老师？做生物伦理学家？像艾玛说的那样，再次回到神经外科？在家当奶爸？写东西？我能够，或者说应该，成为一个怎样的人呢？做医生的时候，我也略略体会到那些因为一场病改变一生的病人面对着什么，也正是在那样的时刻，我非常希望和他们携手去探索。那么，这样的绝症，对于一个想要理解死亡的年轻人，难道不是一份很好的礼物吗？还有什么，是比亲身体验更好的理解方法呢？但我之前根本无从知晓，这有多么艰难，我需要去跋涉、探寻与摸索多少艰难险阻。我一直觉得，医生的工作就像把两节铁轨连接到一起，让病人的生命旅程畅通无阻。根本没想到，我自己的死亡之旅，是如此混乱，如此没有方向。回想年纪尚轻时，那时的我也许期望"在我灵魂的铁匠铺里锻造自己尚未成形的族群良知"；现如今，审视自己的灵魂，我发现，即便是锻造自己的良知，那时的工具也过于脆弱，火焰也过于微小了。

我的死亡，不过是迷失于毫无特点可言的荒原而已；科学研究、胞内分子通路与无穷无尽的生存数据曲线，都无法指引前进的方向。于是我又转而求助于文学：索尔仁尼琴[1]的《癌病房》，B.S. 约翰逊[2]的《不幸的人》，托尔斯泰的《伊凡·伊里奇之死》，内格尔[3]的《心灵与宇宙》，还有伍尔夫、卡夫卡、蒙田、弗罗斯特、格雷维尔等人的作品以及癌症病人的回忆录。无论是谁，只要写的东西与死亡有关，我都如饥似渴地

1.　索尔仁尼琴（Aleksandr Solzhenitsyn，1918—2008）：俄罗斯作家，1970 年获诺贝尔文学奖。代表作有《古拉格群岛》《癌病房》等。《癌病房》是一部长篇小说，描写了一群癌症患者的不幸遭遇，以此审视现实，反思历史。

2.　B.S. 约翰逊（Bryan Stanley Johnson，1933—1973）：英国实验派小说家、诗人、文学批评家、影视制作人。

3.　内格尔（Thomas Nagel，1937— ）：美国纽约大学哲学与法学教授、美国人文科学院院士和不列颠学院院士，当代西方哲学界政治哲学、伦理学和心灵哲学领域内的领军人物。

阅读。我寻找那些能够把死亡及其意义解释清楚的字字句句。我要从中开辟一条路，好为自己下个定义；我要在其中探索方向，好继续缓步向前。我"有幸"能亲身体验死亡，所以之前觉得不必再求助文学与学术著作，然而，现在我发现，要理解自己这种直接的体验，还需要将其放回到语言文字之中。海明威也描述过类似的经历：获得丰富的体验，然后深居简出、深思熟虑，接着将体验付诸文字。我也需要借助这些字字句句，才能前进。

所以，在这段难熬的时光，是文学让我重获新生。关于未来的那种巨大的不确定感令人死气沉沉，不管我走到哪里，死亡的阴影都会模糊任何行动的意义。我还记得那豁然开朗的一刻，压倒一切的不安终于消散，似乎不可逾越的惶恐之海里终于显现出前进之路。当时的我在疼痛中醒来，又要面对毫无意义的一天，除了吃早餐，我也不知道自己该做什么。我无法前行，我心想，然而心中立刻有声音附和，完成了这句来自塞缪尔·贝克特的话。这句话我早在多年以前的大学本科时期就读到了：我仍将前行。我下了床，向前一步，一遍遍重复着完整的句子："我无法前行。我仍将前行。"

那天早上，我做出了一个决定：我要逼迫自己，回归手术室。为什么？因为我做得到。因为那就是我。因为我必须学会以不同的方式活着。我会把死神看作一个威风凛凛、不时造访的贵客，但心里要清楚，即使我是个将死之人，我仍然还活着，直到真正死去的那一刻。

接下来的六个星期，我改变了一下物理治疗的重点，主要集中练习恢复手术时需要的力量：长时间的站立，对小物体的显微操作，手掌向内翻转放置椎弓根螺钉。

接着我又去做了一次 CT，肿瘤略微缩小了一点。艾玛和我一起看片子，她说："我不知道你还能活多久，但我想说，今天我在你之前见的那个病人，吃特罗凯已经七年了，还没出什么问题。当然距离你的癌症稳定下来还有很长的路要走，但是，看你现在的样子，说能活十年也不算疯话。你可能活不到那么长，但也不是天方夜谭。"

所以这就是预后，不，不是预后，是理由，是我决定重回神经外科的理由，重回过去生活的理由。我一方面为自己可能再活十年而欢欣鼓舞，一方面又希望她说："重新做回外科医生太疯狂了，做点更容易的事情吧。"我很震惊地意识到，不管怎么说，过去几个月至少有一个方面是轻松明快的：不用去承受身为神经外科医生那种重若千钧的责任。我竟然隐隐地希望有人能给我个台阶，让我顺着走下去，不再重拾这沉重的负担。神经外科真的很辛苦，就算我不回去，也没人会指责我。（总有人问这是不是一种使命召唤，我总是给出肯定的回答。你不能把神经外科看作一份工作，因为，如果是工作的话，那就是世界上最糟糕的工作。）有几个教授非常不赞成我回去的想法："你难道不该花点时间陪陪家人？"（"难道不该吗？"我也扪心自问。我做出重返工作的决定，是因为对我来说，这份工作是非常神圣的。）露西和我才去爬过山，整个硅谷尽收眼底，我们看到很多著名的地标，很多建筑上的名字都标示着上一代的生物医学和技术革新，我要是想去，随便哪一家都可以。然而，最终，想重握外科钻的渴望变得过于强烈，不容忽视。道德义务是有重量的，有重量的东西就有引力，所以道德责任的引力又将我拉回手术室。露西也表示全力支持。

　　我给课程主管打了电话，说我准备好了，要回去了。他非常激动。维多利亚也和我促膝长谈，讨论如何让我重新融入团队，迅速适应工作。我要求随时给我配一个做专科训练的住院医生做后备，以防万一。另外，我一天只做一台手术。等病人出了手术室，我就不管了，也不会值班。我们需要保守前进，一步一步来。手术安排出来了，我被派去做一个颞叶切除术，这是我最喜欢的手术之一。一般来说，癫痫是由海马异常放电引起的，而海马就在颞叶的深处。切除海马，癫痫就治愈了。但这项手术还是很复杂的，需要手法轻柔地将紧挨着脑干的海马从软脑膜上切除。软脑膜是一层覆盖着大脑的透明膜，非常之纤薄。

　　手术前一晚，我熟读各种手术教科书，复习解剖图和手术步骤。我睡得很不安稳，脑子里一直浮现着头部的角度，锯子锯开颅骨的情景，切除颞叶之后反射在脑膜上的灯光。我起了床，穿上衬衫，打好领带。（几个月前我把所有的刷手衣[1]都还了，以为这辈子都用

---

1. 刷手衣是医生上手术台前进行洗手消毒时穿的衣服，比较简洁和宽松。进了手术室，医生会在刷手衣外面，再穿一件手术衣。

不上了。）我来到医院，十八个星期以来头一次换上那身熟悉的蓝色衣服。我和病人聊了聊，确定没什么最后的问题了，就开始手术的准备。病人插了管，主治医生和我也消好毒，准备开始了。我拿起手术刀，划开病人耳朵上方的皮肤，慢慢地进行每一步，努力确保毫无遗漏，不犯任何错误。我一边进行电凝止血，一边继续切到骨头的部位，然后钩起皮瓣。一切都感觉很熟悉，肌肉记忆并未消退。我拿起电钻，在颅骨上钻了三个洞。主治医生在旁边喷水，给钻头降温。我又换了开颅器，也就是从侧面切割的钻头，把几个洞连了起来，钻开一大片头骨。"咔嗒"一声，我把头骨撬开，银闪闪的硬脑膜就出现在眼前。值得高兴的是，我没有犯很多初学者常犯的错误，钻子没有伤到这片区域。我拿了一把锋利的手术刀，割开硬脑膜，也没有伤到大脑。接连的成功让我放松下来，我略微在硬脑膜上缝了几针，把它勒起来，免得进行主要步骤的时候碍事。大脑在轻轻地跳动，发着微光。巨大的脑静脉纵贯颞叶顶部，这情景原始而质朴。我熟悉的大脑啊，一个沟壑纵横的桃子，正在召唤着我。

突然，我的视线有些模糊，只好放下工具，从手术台旁后退。眼前的黑暗逐渐扩大，蚕食着我的视力，一种轻飘飘的感觉占据了全身。

"抱歉，先生，"我对主治医生说，"我有点晕，可能需要躺下。我的助理住院医生杰克会完成这台手术。"

杰克很快就赶来了，我离开了手术室，到休息室喝了点橙汁，躺在沙发上。二十分钟后，感觉好些了。"神经心源性晕厥。"我低声自言自语。自主神经系统突然出现障碍引发短暂的心脏宕机。说得通俗点，就是神经出了毛病。这是菜鸟才会出的问题，和我想象中重返手术室的情景可不一样。我走到更衣室，把脏了的刷手衣扔进脏衣篮，穿上便服。离开的时候，我抓了一摞干净的刷手衣，告诉自己，明天会更好。

的确是这样。所有病例感觉都很熟悉，随着日子一天天过去，似乎越来越平稳顺畅了。第三天，我给一个病人的脊椎做退变椎间盘移除手术。盯着那凸出的椎间盘，我记不起之前到底是怎么做的了。那位负责手术指导的专科训练医生建议用咬骨钳一点一点地来处理。

"嗯，我知道一般的方法，"我含糊地说，"但还有别的办法……"

我一边用咬骨钳一点点弄了二十分钟，一边在脑子里寻找之前学过的更为优雅从容的方法。进行到下一节脊椎时，我在电光石火间想起来了。

"骨膜剥离器！"我大声说，"骨锤、超薄咬骨钳。"

三十秒内，整个退变椎间盘就被移除了。

"这就是我的办法。"我说。

接下来的几个星期，我的力量继续回升，操作手术的流畅性与技巧也渐渐重回巅峰。我的双手重新熟练起来，能够处理那些直径不到一毫米的血管，又不造成任何伤害。我的手指又找回曾经的灵活。一个月后，我几乎是全负荷地在做手术了。

不过我还是有意识地限制自己。只做手术。相关的行政文件、病人看护，以及晚上和周末的病例，都交给维多利亚和其他资深高级住院医生。反正，那些技巧我已经烂熟于心了，只需要做一些更复杂精确的手术就算圆满了。每一天工作结束的时候，我都感到极度疲乏，身体肌肉火辣辣的，就像要燃烧起来，它们在慢慢恢复力量。但事实上，我丝毫不觉得快乐。

曾经在手术中获得的那种发自内心的愉悦感不知所终了，取而代之的是一种冷冰冰的专注，要去克服不断袭来的恶心、疼痛与疲乏。每天晚上回到家，我会赶紧吞下一把止痛片，然后上床，在露西身边躺下。她也恢复了全职工作，而且已经怀孕了，还没满三个月，宝宝的预产期是六月，刚好我也将在那时结束住院医生生涯。移植之前，我们给孩子的囊胚照了张相片。（"她的细胞膜长得像你。"我对露西说。）此时此刻的我，仍然想让自己的生活重回原来的轨道。

诊断出癌症后的六个月，再次照片子，病情稳定。我又开始工作了。既然癌症没有再扩散，我也许还能活好几年。那么，我为之辛勤奋斗多年的事业，经历了病痛的阻碍之后，似乎又重回到咫尺之遥的地方。我几乎都能听到嘹亮的胜利号角了。

接着，我去见艾玛，谈论宏观意义上的生命，以及我自己的生命走向。我说起亨利·亚当斯[1]，他曾比

---

1. 亨利·亚当斯（Henry Adams，1838—1918）：美国历史学家、小说家，代表作为以第三人称写的自传《亨利·亚当斯的教育》，并因此获得普利策奖。

较过内燃机带来的科学力量和圣母玛利亚的存在带来的力量。现在，关于我的科学问题算是暂时尘埃落定，关于我的存在问题就成了头等大事。不过，这两种问题都是医生所关心的。最近我听说斯坦福那个外科兼科研的职位，就是那个我几乎已经被内定为"法定继承人"的职位，在我病假期间已经找到人了。我很崩溃，也跟艾玛倾诉了。

"嗯，"她说，"这件事情还真是挺折磨人的。你肯定已经深切体会到个中滋味了。我很遗憾。"

"嗯，我觉得科研给我的兴奋点是，能花个十几二十年去做项目。现在那么长的时间我是不敢想了，所以也就不那么迫切想当科学家了。"我想安慰自己，"短短几年，也做不成什么。"

"说得对。只要记住，你做得很好。你又开始工作了。你就要有孩子了。你在寻找自己的价值。这可不容易。"

那天晚些时候，一个比较年轻的教授——过去也是住院医生，我的好朋友——在走廊里叫住我。

"嘿，"她说，"系里开会，都在讨论拿你怎么办。"

"拿我怎么办，为什么？"

"我觉得有些教授很担心你毕业的问题。"

住院医生毕业有两个条件：一是达到一系列国家级和地方级的要求，这我已经做到了；二就是系里的批准。

"怎么了？"我说，"不是我骄傲，我也算很好的外科医生了，比得上——"

"我知道。我觉得他们只是想看到你完全承担起住院总医生的责任。那是因为他们很喜欢你。说句真心话。"

我意识到她这话的确真心：过去几个月里，我的表现仅仅称得上是一个"外科技师"。我拿癌症当借口，没有履行对病人的全部职责。话说回来，癌症也真是个好借口啊，妈的。但现在我已经渐渐早出晚归，又开始看顾病人，每天工作十二小时之外，还加班四个小时。我再次时时刻刻以病人为中心了。头两天我以为自己快不行了，无时无刻不在忍着波涛汹涌的恶心、疼痛与疲乏，撑不住的时候找张没人的病床就睡了。但是，到了第三天，尽管身体还是不行，我却又开始享受工作了。与病人重新亲密接触，让我又找回了这份工作的意义。手术间隙和查房之前，我会记得吃止吐药和非甾体类抗炎药。的确很痛苦，但我又完全回归了。我不再去找没人的病床，而是在初级住院医生的沙发上休息，指导他们治疗我的病人；一边忍受背部痉挛，一边给他们讲课。身体上的折磨越多，完成工作的乐趣就越大。第一周结束后，我整整睡了四十个小时。

但我已经是那个威风凛凛发号施令的人了。

"嘿，老大，"我说，"我刚刚在看明天的病例资料。第一个患者拟采用的是两大脑半球之间的入路，但我觉得颅顶经皮质入路会安全很多，也容易很多。"

"是吗？"主治医生说，"我看看片子啊……嗯，你说得对。你能改一下方案吗？"

第二天："嗨，先生，我是保罗。刚刚在重症监护室见了 F 先生和他的家属，我觉得明天应该给他做个椎间盘切除减压融合术。我现在预约可以吗？您什么时候有空？"

手术室里，我也重新变得雷厉风行：

"护士，呼一下 S 医生好吗？他进来之前我这儿就可以结束了。"

"我打电话了。他说你肯定不可能做完。"

主治医生是跑着来的，上气不接下气。刷手消毒后，他透过显微镜看着手术的地方。

"我稍微切了个锐角，避开静脉窦，"我说，"但是整个肿瘤都切除了。"

"你避开了静脉窦？"

"是的，先生。"

"你整个一次切除的？"

"是的，先生，就在台子上摆着呢，您可以看看。"

"看上去不错，真的很不错。你什么时候变这么快的。不好意思，我没能早点到。"

"没关系。"

人一旦遭遇顽疾，最需要小心的，是价值观的不断变化。你努力思考自己到底看重些什么，答案也会接踵而至。感觉就像信用卡被人拿走了，我不得不学会讨价还价。你可能本来已经下定决心，自己宝贵的时间要投入到神经外科的工作中，但两个月以后，你的想法又会有所改变。再过两个月，你可能就想去吹吹萨克斯，然后每天去教堂，全心全意去敬拜上帝。死亡也许只是一生一次的短暂事件，但与绝症共存则是个长期的过程。

我突然惊觉，自己已经经历了悲痛的五个阶段，就是老生常谈的"否认→愤怒→讨价还价→消沉→接受"。但我完全是反着来的。刚诊断出来的时候，我对死亡已经做足了准备。我甚至自我感觉良好，完全接受现实，有种万事俱备的笃定感。接着我开始消沉，因为我毕竟不大可能很快就死去。这当然是个好消息，但也令人困惑迷茫，甚至很奇怪地令我萎靡不振。抗癌技术的飞速发展以及各项相关数据，说明我也许可以再活十二个月，或者一百二十个月。本来，这种大病是应该让你完全看清自己和生命的。然而，我只是知道自己要死了——可我以前也是知道的呀。我所知的东西仍然一样，但已经不能像从前那样随意约见朋友，享受正常生活了。要是我确切地知道自己到底还剩多少个月或者多少年，前路也许会清晰很多。你要是告诉我，还剩三个月，那我就全部用来陪家人；还剩一年，我可能会写一本书；还有十年，我就回去救死扶伤。"活在当下"这种真理对我根本没有帮助：我这当下到底该怎么活啊？

接着，在某个时刻，我又开始讨价还价，嗯，其实也不算讨价还价吧。我心里默默地说："上帝啊，我读了《约伯记》[1]，不能完全理解。但如果这是测试我信仰的方式，那你应该已经看到我的信仰很弱。可能你在熏牛肉三明治上留点那种辣芥末也能测试我的信仰呢？真的不用这么大费周章地给我来个'核爆炸'吧，真的……"讨价还价之后，怒气就一阵阵涌上心头："我这小半辈子都在努力奋斗，已经到了这份儿上了，居然得了癌症？"

现在，可能我终于来到"否认"这个阶段了。也许是完全的否认。也许在缺乏任何定论的情况下，我们应该假设自己能活很久。可能这是前进的唯一办法。

现在，查出癌症九个月了，我几乎天天做手术到深夜，甚至到凌晨，一心一意要好好毕业。我的身体遭受了沉重打击。每天回到家，我都累得吃不下东西。而且慢慢在加大泰诺、非甾体类抗炎药和止吐剂的用量。我开始不停咳嗽，大概是肺部肿瘤坏死后瘢痕化引起的。我告诉自己，只需要再坚持几个月，就可以

---

1. 《圣经·旧约》中的一卷书，共 42 章，记载了义人受苦，以及他的朋友们与他的辩论，还有上帝给他的回答等。

结束这种马不停蹄的工作状态，顺利从住院医生毕业，安心做个相比之下更平静、更轻松的教授。

二月份，我飞去威斯康星参加工作面试。他们的一切条件都正合我心：数百万美元的启动资金供我建神经科学实验室；领导自己的临床医学团队；工作时间和内容都灵活，根据我的健康情况而定；预聘的终身教授职位；对露西也有很优厚的工作安排；高薪、美景、田园牧歌般的城市、完美的老板。"我了解你的健康状况，你和你的肿瘤医生的联系应该也很密切。"部门主管对我说，"如果你想继续在那边的治疗，我们就帮你来回飞。不过我们这儿也有一流的抗癌中心，你愿意的话就去看看。我还能不能再做点什么，让这个工作更有吸引力？"

我想了想艾玛说过的话。我之前不相信自己能继续外科医生的事业，如今却已经成功重返手术台，这个转变是很有分量的，甚至有点宗教层面的意味。在我自己都不相信自己的时候，她还一直记挂着我的这个身份。我多年前立志成为医生时对自己提出的挑战，她做到了：审视灵魂，接受自己作为凡人的责任，让我重新找回自己。我已经抵达很多神经外科规培医生的制高点，不仅是神经外科医生，还是手术 - 科研双肩挑的那种人。这是每个学生梦寐以求的目标，能实现的却寥寥无几。

当晚晚饭后，主管开车送我回酒店。他在路边停了车。"我给你看个东西。"他说。我们下了车，站在医院门口，面前是冰封的大湖，对岸是科系办公室星星点点的灯光。"夏天，你可以游泳或者开船去上班。冬天呢，滑雪滑冰都可以。"

真是太梦幻了。也就是那个时候，我恍然大悟：这只是梦幻而已。我们不可能搬来威斯康星。万一我这两年癌症严重复发呢？露西得孤孤单单在这里，远离朋友和家人，仅凭一己之力照顾病入膏肓的丈夫和新生的孩子。我近乎暴怒地抵挡着想接受这份工作的欲望，也意识到，癌症已经彻底颠覆了我对人生的规划打算。过去几个月来，我一直全力以赴，想让生活恢复到癌症之前的轨迹，否认癌症对我的生活造成了任何影响。然而，现在的我，不管多么希望感觉到胜利的喜悦，还是感到癌症如同螃蟹的大钳子，紧紧夹住我，阻止我前进。癌症的诅咒是奇怪而紧张的存在，也是对我的极大挑战，对于死神的步步逼近，我既不能无视，也不能任其摆布。就算现在死神蛰伏起来，他的阴影也时刻笼罩着我。

一开始丢掉斯坦福那个教授职位的时候，我安慰自己，要管理一个实验室，至少需要有二十年的计划。现在，我觉得这安慰其实是不折不扣的真理。弗洛伊德一开始是个成功的神经科学家，后来他认识到，神经科学还需要至少一个世纪的时间，才能满足他在了解心灵和思想方面真正的抱负，于是丢开显微镜，另起炉灶。我的感觉跟他可能有点像。指望通过我的研究来变革神经外科是一个赌局，因为我的病，这个赌局耗时太长，以至于几乎没有胜算。我所剩的筹码不多，不想押在实验室里了。

我耳边又响起艾玛的话：你必须弄明白，自己最看重的是什么。

如果我已经不想在神经外科和神经科学这两座至高的山峰之间翱翔，那我想干什么呢？

当个爸爸？

做个神经外科医生？

教书？

我也不知道。不过，就算我不知道自己要什么，也还是有收获，这收获并非来自希波克拉底、迈蒙尼德或者奥斯勒，而是我独有的顿悟：医者的职责，不是延缓死亡或让病人重回过去的生活，而是在病人和家属的生活分崩离析时，给他们庇护与看顾，直到他们可以重新站起来，面对挑战，并想清楚今后何去何从。

现在，我那些属于外科医生的骄傲自负实在毫无用处。我的确是本着对病人尽职尽责的态度，全心全意地救死扶伤，但说穿了这就是暂时的责任，是转瞬即逝的全心全意。解决了严重的健康危机，病人醒来了，身上的管子拔掉了，然后出院了，病人和家属继续生活，但事情永远不会和以前一样了。医生的话能安抚人心，就像神经外科医生的手术刀能缓解大脑的疾病。然而，这些患者依然要面对情感和躯体层面的不确定性与疾病的复发，需要继续去克服、去缠斗。

艾玛没有让我恢复原来的个人特性，而是保护了我创造新特性的能力。终于，我明白，必须去创造新的自我了。

大斋节[1]的第三个星期日，明澈通透的春日清晨，我们夫妻俩和我的父母一起去了教堂。他们俩从亚利桑那飞来过周末。我们一起坐在长长的木凳子上，妈妈和坐在旁边的一家人攀谈起来，先是对那位母亲说，她小女儿的眼睛真好看，接着迅速聊起格局更大的话题。她充分展示了一个倾听者、好闺密和联结者的高超能力。牧师读《圣经》的时候，我突然情不自禁地偷笑起来。这段《圣经》文字中，沮丧的耶稣说了一些隐喻，而使徒们非要去做一些字面的解释：

耶稣回答说："凡喝这水的，还要再渴；人若喝我所赐的水就永远不渴；我所赐的水，要在他里头成为泉源，直涌到永生。"妇人说："先生，请把这水赐给我，叫我不渴，也不用来这么远打水。"

……这其间，门徒对耶稣说："拉比，请吃。"耶稣说："我有食物吃，是你们不知道的。"门徒就彼此

---

1. 基督教的斋戒节期，又称"封斋节"。始于圣灰礼拜三，一直持续到复活节的前一天，一共四十天。

对问说："莫非有人拿什么给他吃吗？"[1]

    正是这样的文字（其中饱含着对《圣经》做刻板解读的嘲弄），让我在对基督教长期的疏离之后得以回归。大学以后，我对上帝和耶稣的概念逐渐变得贫乏（这个词算是用得比较委婉了）。当时我一头扎进坚不可摧的无神论。对抗基督教思想的主要武器，就是基督教义在实际运用中的失败。启蒙的理性当然更说得通，更能解释身边的种种；"奥卡姆剃刀理论"[2]当然也将信众们从盲目的信仰中解放出来。没有证据能证明上帝的存在，所以，信仰上帝并不合理。

    我在一个虔诚的基督教家庭长大，祷告和阅读《圣经》是每晚的仪式。尽管如此，我和大多数从事科学工作的人一样，相信现实的物质概念，拥有终极的科学世界观，遇事会力求用完整的形而上的方法去研究和解决，不去考虑那些陈旧的概念，什么灵魂啊，

---

1. 两段文字都出自《圣经·约翰福音》。

2. 公元十四世纪，由英国逻辑学家、圣方济各会修士奥卡姆（William of Ockham）提出。他主张的"思维经济原则"，简而言之就是"如无必要，勿增实体"。其主张最终使科学、哲学从宗教中彻底分离。

上帝啊，穿着长袍、留着大胡子的白人男子之类的。二十几岁的时候，我花了很长一段时间，努力去建立这样一种认知框架。然而，最终问题还是显现出来：把科学作为形而上的最终裁决标准，不仅否定了上帝在这个世界的存在，还同时否定了爱、恨与意义；这种思想中的世界，本来就与我们所生活的这个世界天差地别。当然，并不是说如果你相信人生的意义，就必须也要信仰上帝。准确地说，如果你认为上帝在科学中无立足之地，那么你就几乎一定会认为人生的意义在科学中也无法容身。因此，生命本身也毫无意义。换句话说，存在主义的那一套理论没有任何分量，一切认知都是科学认知。

然而，这其中就存在一个悖论。科学的方法论是人们的双手创造出来的，因此无法涉及一些永恒的真理。我们建立科学理论，是为了组织和掌控这个世界，将现象还原为可控的单元。科学以可重复性和经由实验获得的客观现象为基础。科学很强大，有能力提出各种有关物质和能量的命题，但这也使得科学知识不适用于理解人类生命的存在性和内在性。人类生命本身就是独特的、主观的、无法预测的。也许在组织经验的、可重复的数据时，科学提供了最有用的方法。然而科学做到这一点是有代价的，它忽略了人类生命中最为核心的要素：希望、恐惧、爱、恨、美、妒忌、荣誉、软弱、奋斗、痛苦和美德。

这些核心的情感与科学理论之间，总是存在一道鸿沟。没有任何思想体系能够完整地包含人生所有的体验。形而上学仍然停留在提供启示的范围，并没有那么宽泛（毕竟，奥卡姆的核心观点是这个，而不是无神论）。而只有在这样的基础上，无神论才是合理的。最典型的无神论者，大概是格雷厄姆·格林[1]的著作《权力与荣耀》里的中尉，他的无神论，来自"上帝不在"的天启。唯一名副其实的无神论，必须建立在创造世界的愿景之上。很多无神论者都喜欢引用诺贝尔奖得主、法国生物学家雅克·莫诺[2]的一句话，而这句话其实在掩饰无神论的一个富有天启色彩的特征：

1. 格雷厄姆·格林（Graham Greene，1904—1991）：英国作家、剧作家、文学评论家，后文提到的《权力与荣耀》（*The Power and the Glory*）是其代表作之一。

2. 雅克·莫诺（Jacques Monod，1910—1976）：1965年诺贝尔生理学或医学奖得主，杰出的分子生物学家。

　　古老的圣言已经灰飞烟灭，人类终于知道，自己是这冷酷无情的广阔宇宙中孤独的存在，而自己在这宇宙的诞生，也是偶然的。

　　而我最终回归了基督教的核心价值：牺牲、救赎、宽恕。因为吸引力实在太大，令人叹服。《圣经》里，正义和仁慈，在《新约》和《旧约》之间都存在一种拉锯。《新约》说，从善没有尽头：善良就是人生的目标，你永远也不可能做到尽善尽美。我相信，耶稣传递的主要信息，是无论何时，仁慈都重于正义。

　　不仅如此，也许原罪传递的主要信息也不是"应该时时刻刻抱有愧疚之心"。也许这样解释反而更为恰切："我们心中都有一个善的概念，但不是时时刻刻都做得到。"大概这才是《新约》想要传递的信息。就算你心中对"善"的认识和《圣经·利未记》中一样严苛全面，你也不可能像那样生活。真的不可能，疯子才会那样。

　　当然，关于上帝，我无法提出任何明确的观点，但人类生命的基本现实，本来就是极度反对盲目决定论的。另外，包括我在内的任何人，都不认为天启论在认知领域拥有任何权威。我们都是讲求理性的人，天启论不足以解释所有疑惑。就算上帝真的与我们对话，我们也会认为那是幻觉。

那么，我会想，有追求的形而上学专家，应该做什么呢？

放弃吗？

几乎就要放弃了。

朝着终极真理挣扎向前，但发现这是不可能完成的任务；或者说，有可能找到正确答案，但证实这个答案，是绝对不可能的。

毫无疑问，我们每个人最终能看到的，都只不过是生命的局部。医生看到一个方面，病人看到另一个方面，工程师、经济学家、潜水采集珍珠的人、酗酒的人、有线电视修理工、牧羊人、印度乞丐、牧师……看到的都不尽相同。没有什么人能完全包揽人类所有的认知。认知产生于我们所创造的，我们彼此之间的关系，以及我们与世界的关系之中，永远不可能完整全面。而终极真理凌驾于一切之上，在其存在之处，播种者与收割者可以一同欣喜狂欢，正如礼拜天的《圣经》布道的最后。因为，终极真理之中，有句话说得清楚明白："那人撒种，这人收割。"[1] 我派你去收获你并未付出努力的东西；辛苦劳作都是别人的，你分享了他们的劳动果实。

我跳下 CT 台。这已经是重返外科的第七个月了。这将是我的最后一次 CT，这之后我将结束住院医生生涯，成为一个父亲，我的葬礼也终有一天会成为现实。

"想看看吗，医生？"扫描人员问我。

"现在不看，"我说，"今天我还有很多工作。"

已经下午六点了，我必须去查房、探视病人，做明天的手术室安排，看看各种扫描片子，口述医嘱，查查病人术后的情况……很多事等着做。晚上八点左右，我在神经外科的办公室坐下，身边就是影像工作站。我打开电脑，看着第二天要做手术的病人的扫描片，是两个比较简单的脊椎病例。最终，我输入了自己的名字。片子出现在屏幕上，我不断缩放着，仿佛孩子在随意翻看画册，把新的片子和上次照的对比。一切看起来都没有变化，原来的那些肿瘤还是一个样。

---

1. 出自《圣经·约翰福音》。

啊，等等。

我滑动滚轮，再看了一下今天的片子。

一个新的肿瘤出现了，有点大，填满了我的右肺中叶。看上去竟有点像一轮几乎照亮了整个地平线的满月。再回去看原来照的片子，我能辨认出这个肿瘤非常微弱的迹象，原来只是幽灵一般的预兆，现在则完全变成了现实。

我既不愤怒，也不恐惧。本来就是如此。这是大千世界中的一个事实，就像太阳与地球的距离。我开车回家，告诉了露西。那是星期四的晚上，我们和艾玛的见面要等到下周一。露西和我坐在客厅，各自打开笔记本电脑，列出了接下来要做的事情：活检、复查生化指标、化疗。这次的治疗肯定更艰难、更痛苦，而活得久一些的可能性更为渺茫。我又想起艾略特的诗句："可是在我背后的冷风中，我听见 / 白骨在碰撞，得意的笑声从耳边传到耳边。"[1] 也许未来几个星期，几个月，甚至永远，我都无法再重返神经外科了。但我

---

[1] 出自 T.S. 艾略特（Thomas Stearns Eliot，1888—1965）的经典长诗《荒原》(*The Waste Land*)。

们觉得，这一切都可以等到周一再来考虑。今天是星期四，我已经做好了明天手术室的安排。我决定，要去当最后一天的住院医生。

第二天早上五点二十分，我在医院门口下了车，深深吸了口气，闻着桉树的气味。好像还有什么气味……是松树吗？以前都没注意到呢。我们这些住院医生聚到一起，大家开始了早间的查房。我们先回顾了前一晚发生的事情，入院的病人，新的扫描片子，然后挨个探视了病人，这之后还有定期召开的住院医生"疾病治疗与研究进展报告会"（即所谓的 morbidity and mortality 会议）。神经外科医生们会聚集到一起，检讨一段时间内犯的错误和处理得不好的病例。开完会，我又跟病人 R 先生多待了几分钟。他得了一种罕见病，叫格斯特曼综合征 [1]。我切除他脑内的肿瘤后，R先生开始显露出一系列行为缺陷：书写能力缺失，说不出每根手指的具体名称，不会做算术，分不清左右。这种事我之前只碰到过一次，还是八年前做医学生，

---

1. 格斯特曼综合征（Gerstmann's syndrome，缩写为 GSS）：年发病率为亿分之一到二，目前所有病例都发生在北半球，多为家族性病例。由奥地利神经科学家 Joseph Gerstmann 于 1924 年首次报告。

刚刚进入神经外科实习时跟过的一个病例。和那个病人一样，R先生也是精神愉快，情绪高昂，我怀疑这会不会也是症状之一，只是从来没人当作症状描述出来而已。不过R先生正在好转：他的语言能力几乎已经恢复正常，算术能力也只是有一点点偏差。他完全康复的可能性很大。

上午很快过去了。我刷手消毒，准备做最后一次手术。突然间，我感觉到这个时刻意义重大。这真的是我最后一次刷手了？也许真的走到头了。我看着肥皂水顺着手臂流下来，然后流回水槽里。我走进手术室，穿好手术衣，给病人盖上无菌布，专门扯了扯四个角，确保没有褶皱。我希望这台手术完美无缺。我割开他背部下方的皮肤。这个男人已经上了年纪，脊椎退化，压迫神经根，造成严重的疼痛。我拨开脂肪，筋膜出现，感觉到凸起的椎骨。我割开筋膜，又顺利地割开肌肉，直到眼前的伤口中只剩下闪着亮光的宽阔椎骨，干净纯粹，不沾一丝血迹。主治医生进来了，我正在切除椎骨后面的椎板，那里有增生，再加上下面的韧带，一起压迫着神经。

"看着挺好，"主治医生说，"如果你想参加今天的会，我找专科训练医生进来接手做完。"我的背痛又开始了。我之前怎么不再吃点消炎药呢？不过，这台手术应该很快了，我快做完了。

"不用，"我说，"我想把这台手术做完。"

主治医生也刷手消毒进来了，我们一起切除了增生。他开始拨弄韧带，下面是硬膜，里面有脊髓液和神经根。这一步最容易犯的错误，就是在硬膜上弄个洞。我负责处理另一侧。突然，我眼角的余光瞥见，他的手术用具旁边有一抹蓝色——硬膜开始破裂了。

"小心！"我说。此时他手上的器具已经夹到硬膜了。清澈的脊髓液开始填满伤口。一年多了，我还是第一次遇到漏液的情况。修补这个漏洞又需要一个小时。

"把手术显微镜支起来，"我说，"漏液了。"

等我们修补完这个漏洞，把压迫神经的软组织切除之后，我的双肩火辣辣地痛。主治医生脱掉手术衣，向我道歉又道谢，离开了，留下我来关闭创口。一层层组织整齐地合到一起。我开始缝合皮肤，用尼龙线做连续缝合。大多数外科医生都会选择缝合器，但我一直觉得尼龙线的感染率比较低。这个病人，这"最后一役"，要按我的想法来做。切口两边的皮肤完美对合，没有拉扯褶皱，仿佛这台手术从未发生过。

很好，这样很好。

我们掀开病人身上的无菌布，一个以前没合作过的手术助理护士问我："这周末你值班吗，医生？"

"不。"也许永远都不值班了。

"今天还有手术吗？"

"没有了。"也许永远都没有了。

"啊，那好。那就是大团圆结局了！工作做完啦。我喜欢大团圆的结局，你也是吧，医生？"

"是啊，是啊，我也喜欢大团圆。"

我坐在电脑旁边输入一些术后指令，护士们进行着清理工作，麻醉师则开始做术后的复苏。我一直半开玩笑地威胁说，如果是我主刀的手术，就不许听那种人人都喜欢的"打鸡血"的流行音乐，只能听巴萨诺瓦舞曲。我播放了巴萨诺瓦风格的经典专辑《不老的传说》[1]，萨克斯柔和而又铿锵的演奏响彻整个手

---

1. 巴萨诺瓦是一种源自南美洲的音乐形式。"巴萨"（Bossa）为里约热内卢俚语，意为不受拘束的聪慧与才华，同时也是一种拉丁双人舞节奏；"诺瓦"（Nova）来自葡萄牙语，意为"新"。因此，巴萨诺瓦（Bossa Nova）意为一种新的节奏，一种无拘无束且极富创意的音乐。《不老的传说》（*Getz/Gilberto*）是巴萨诺瓦风格最为经典和畅销的唱片之一。

术室。

过了一会儿，我出了手术室，收拾好七年来用的所有东西——一些为通宵工作准备的备用衣服、牙刷、几块肥皂、手机充电器、零食、我的头骨模型和一系列神经外科的书，诸如此类。

我转念一想，又把书留下了。它们在这儿，应该更能发挥作用吧。

走向停车场的路上，一个同事走过来想问我什么事，但他的呼机响了。他看了一眼，挥挥手，转身往医院里面跑。"晚点再找你！"他回头朝我喊了一声。我坐在车里，热泪盈眶，转动钥匙，慢慢开到路上。回到家，我走进家门，挂好我的白大褂，摘下我的名牌，接着取出呼机的电池，脱下手术衣，痛痛快快地洗了个澡。

再晚点的时候，我给维多利亚打电话，告诉她周一我没法去上班了，可能永远都不能去了，所以就做不了手术室安排的手术了。

"嗯，我一直做噩梦，梦见这一天来了。"她说，"真不知道你是怎么坚持这么久的。"

星期一，露西和我一起去见了艾玛。她肯定了我们列出的计划：支气管镜取样做活检，寻找对靶向药敏感的突变，实在不行，只有化疗。但我去见她的真正原因，是希望得到一些引领和指导。我告诉她，我已经在神经外科那边请假了。

"好，"她说，"没事。嗯，要是你想集中精力做更重要的事情，那就别回神经外科了。但别单纯因为你病了就不干了。和一个星期前相比，你的病情并没有加重。这一路上的确有些颠簸，但你还是可以维持现有生活轨道的。对你来说，神经外科的工作很重要。"

我再一次走上了从医生到病人的轨道，从行动者变成被动者，从主语变成了直接宾语。生病之前，我的生活可以说是心想事成，按照既定的轨道一帆风顺地前进着。大多数现代文学作品中，人物的命运都是由自身和旁人的人为行动决定的。《李尔王》[1]中的葛罗斯特伯爵埋怨过，说人类的命运之于神明，正如"苍蝇之于顽童"。然而那部作品主要的戏剧冲突，还是来

---

1. 莎士比亚经典四大悲剧之一。

源于李尔王的虚荣与专制。从启蒙运动开始，占据舞台中心位置的，就是个人。但现在，我所在的世界已然不同，这是个更古老的世界，人类的行动在超人类的力量面前显得苍白无力。这个世界比起莎士比亚的作品更具有希腊悲剧的色彩。不管付出多少努力，俄狄浦斯[1]和他的父母都逃脱不出命运的股掌；他们只能通过神谕与预言，通过那些既定的占卜，才能接触到掌控他们命运的力量。我来找艾玛，不是想要治疗方案。我读的资料已经够多了，未来会采取什么样的医学手段我已经了然于心。我想要的，是眼前这个"神谕家"充满智慧的安慰。

"这不是结束。"她说。这种说辞她恐怕已经用过成千上万遍了。想想我自己，难道就没有跟病人说过类似的话吗？反正面对那些想寻找不可能的答案的人，她肯定都这么说。"甚至都不能说是结束的开始。这仅仅是开始的结束。"

---

1. 俄狄浦斯：西方文学史中典型的悲剧人物，是希腊神话中忒拜的国王拉伊俄斯和王后约卡斯塔的儿子，他在不知情的情况下，杀死了自己的父亲并娶了自己的母亲。

我居然感觉好些了。

活检后一个星期，执业护师艾丽克西斯打电话给我通报情况。没有发现靶向药可以起作用的突变，这样化疗就成了唯一的选择。已经安排好周一开始。我问具体用什么化疗药物，她说这个问题必须跟艾玛谈。艾玛正和孩子一起在太浩湖游玩，不过周末会抽空给我个电话。

第二天是星期六，艾玛的电话来了。我问她对化疗用药有什么想法。

"嗯，"她说，"你有什么具体想法吗？"

"我觉得主要问题是要不要加贝伐珠单抗吧，"我说，"我知道最近有研究说这个药没有好处，副作用还比较严重，有的抗癌中心逐渐弃用了。我觉得那只是一个研究而已，之前那么多数据都证明是有用的，我比较倾向于还是要用。如果我反应不好，再弃用也不迟。你觉得这样行吗？"

"嗯，没什么问题。后期加的话还要过保险公司那一关，比较难。所以前期就使用比较好。"

"谢谢你打电话来。我就不耽误你享受湖边的美景了。"

"好的，但我还要再多说一句，"她略有迟疑，"很高兴咱们可以一起制订你的医疗计划，因为你是个医生，你什么都懂，而且这也是你自己的命。但是，如果你什么时候想让我单独来做你的医生了，我也是很乐意的。"

我还从来没想过，可以不负责自己的医疗计划。我还理所当然地以为所有的病人都是久病成医。我还记得初入医学之门的我，刚刚开始学习，对什么都懵懂无知，经常会让病人解释他们自己的病症和治疗手段，问他们为什么出现蓝色脚趾的症状，这个粉色的药片是干什么的。但正式成为医生之后，我从未要求病人自己做决定，我对他们有责任。我意识到，自己现在也在做同样的事，心中那个作为医生的自我在对那个作为病人的自我负责。也许我真的被哪个希腊的天神诅咒了，但放弃对自己病情的控制仿佛是完全不可能的事，就算可能，那也太不负责任了。

化疗开始的周一，露西、我母亲和我一起去了输液中心。我安好输液架，找了把舒服的椅子坐好，开始了漫长的等待。化疗的混合药物需要四个半小时才能全部输完。整个过程中，我要么打盹儿，要么读书，有时候又百无聊赖地看着身边的露西和妈妈，偶尔聊两句，打破沉默。病房里的其他病人健康和精神状况各不相同：有的头发已经秃了，有的发型还很不错，有的形容憔悴，有的活泼爽朗，有的不修边幅，有的衣冠楚楚。不过所有人都静静地躺着，任凭注射管里那些毒副作用剧烈的药物慢慢输入伸展的手臂。我每三周来接受一次治疗。

第二天我就有反应了。非常强烈的疲乏感，深入骨髓，全身无力。本来特别能唤起愉悦感的进食，对我来说就像喝海水一样折磨。突然间，所有我喜欢的东西都变咸了。露西给我做了贝果面包加奶油奶酪做早餐，吃起来就像盐碱地里那种经常被动物舔舐的盐块。我只吃了两口就放到一边。看书也让我筋疲力尽。本来答应了要为两本重要的神经外科教科书写个几章，阐述我和 V 的研究是否有临床治疗的潜力，现在也被搁置了。一整天，我都只能靠看电视和强制进食来打发时光。几周以后，逐渐形成了一种模式：不舒服的感觉会慢慢减轻，等恢复常态的时候，恰好又到下次治疗的时间了。

就这么循环往复着。我因为一些轻微的并发症在医院进进出出，也就排除了任何重返工作岗位的可能。神经外科认为我无论从国家标准还是地方标准来说，都已经符合毕业的条件。毕业典礼安排在一个周六，露西预产期的前两周左右。

那一天来了。我站在卧室里，为毕业典礼穿衣打扮，这毕竟是七年住院医生生涯的高潮。但突然之间，强烈的恶心感气势汹汹地袭来，感觉不像化疗引起的通常的恶心。那种恶心一般像潮水一样涌来，也像潮水一样迅速退却。我开始不断呕吐出绿色的胆汁，那种粉笔一样的味道和胃酸大不相同。这是内脏深处涌上来的。

说到底，我还是去不成毕业典礼了。

我需要马上静脉注射，防止脱水。于是露西开车带我去了急救中心补液。呕吐变成了腹泻。急救处的住院医生布拉德和我友好地交流了一会儿，我详细叙述了自己的医疗史，历数了所有的用药。最后我们讨论了分子疗法取得的进步，特别是我在用的特罗凯这种药。眼前的医疗计划很简单：一直用静脉注射的方式保持我不脱水，直到我状态恢复，可以正常用嘴喝水。那天晚上，我住进了医院病房。但护士在看我的用药单时，我注意到上面没有特罗凯。我请她打电话给住院医生，改正这个疏忽。这种事也是常有的，毕竟我同时在吃十几种药呢，随时随地滴水不漏是很难的。

午夜过去很久，布拉德出现了。

"听说你对自己用的药有疑问？"他问道。

"是啊，"我说，"没有开特罗凯。你补开一下，不介意吧？"

"我决定不让你再服特罗凯了。"

"为什么啊？"

"你的肝酶太高，不能再吃了。"

我有点摸不着头脑。我的肝酶已经高了好几个月了。如果这是个问题，之前为什么没讨论过呢？不管怎么说，这肯定是搞错了。

"艾玛，就是我的肿瘤医生，你的上司，也看过这些指标了。她想让我继续吃。"

一般来说，住院医生在没有主治医生在场指导的情况下，必须自己做出医疗决策。不过现在我向他转述了艾玛的意见，他肯定会让步吧。

"但这个可能就是你胃肠道问题的成因。"

我更摸不着头脑了。一般来说，转述了主治医生的命令，就不会再讨论下去了。"我已经吃了一年了，没有任何问题，"我说，"你觉得现在的问题是特罗凯突然引起的，不是化疗？"

"有可能。"

我的困惑升级成了愤怒。这孩子，才从医学院毕业两年，和我的低年资住院医生一般年纪，居然跟我叫板？嗯，如果他是对的，那就另当别论，但他现在说的这些毫无道理啊。"呃，今天下午我是不是提过，不吃那个药的话，转移到骨头的癌瘤就会很活跃，引起剧痛？我不是想小题大做，以前练拳击的时候我也骨折过，但现在痛得比那时候厉害多了。现在就是最高的十级疼痛。我很可能很快就会痛得忍不住尖叫起来。"

"嗯，考虑到这个药的半衰期，估计还要等个一天左右才会出现这种情况。"

看得出来，在布拉德眼里，我不是个病人，是个"问题"：需要尽快解决，在任务栏前面的方框里画个钩。

"听我说，"他继续道，"如果你不是你，这场对话根本就不可能发生。我会直接给你停药，然后让你自己来证明，病症都是这个药造成的。"

怎么回事？下午我们不是相谈甚欢的吗？我回想起医学院时期遇到的一个病人，她说自己去医生那儿看病，都会穿最贵的袜子。这样等她换上病号服，不穿鞋的时候，医生也能看到她的袜子，知道她是个体面人，会以很尊重的态度来对待她。（啊，原来问题在这里——我穿的是医院发的袜子，这么多年了一直占着这个小便宜！）

"不管怎么说，特罗凯是特殊的药，改医嘱需要专科训练医生或者主治医生的意见。你真的想让我为这事大半夜地叫醒别人吗？不能等到早上再说？"

原来如此。

如果他要完成对我的义务，就需要在"待办事项"加上一条：给上司打电话，难为情地暴露自己的错误。他又在值夜班。住院医生培训的规定迫使很多培训项目都设置了轮班工作制。轮来轮去地，有些人也就变成了"滑轮"，巧妙地利用制度去推卸责任。如果他再拖延几小时，我就是别人的问题了。

"这药我一般是凌晨五点吃的，"我说，"我们俩应该都明白，'等到早上再说'的意思是等到早上查房完再说，也就是说基本上要到下午了，对吧？"

"好吧，好吧。"他说着走出了病房。

到了早上，我发现他还是没开药。

艾玛打了个电话来问好，说她会解决特罗凯的问题。她祝我早日康复，说很抱歉整个星期都不在。仅仅一天的时间，我的病情就开始恶化，腹泻迅速加重。我一直在输液防止脱水，但补水速度跟不上脱水速度。我的肾功能开始衰竭。我的口腔变得很干燥，以至于无法说话、吞咽。化验结果显示，我的血清钠浓度已经快达到致命的地步。我被转移到重症监护室，在我的软腭和咽部，有一些组织因为脱水而坏死并脱落。我身体剧痛，意识飘忽不定，一会儿清醒，一会儿糊涂，一大堆不同科室的专家围着我：重症监护、肾内科、消化内科、内分泌科、感染科、神经外科、肿瘤内科、胸部肿瘤外科、耳鼻喉科。怀孕三十八周的露西每天都守在我身边，还偷偷搬进了我原来的值班室，离重症监护室就几步路的距离，这样她晚上好随时来看看我。她和我爸爸也对病情发表了一些看法。

清醒的时候，我能很清楚地听到大家嘈杂的声音，众说纷纭的意见。这在医学上被称为"WICOS"（Who Is the Captain of the Ship，谁是船长）问题：到底谁掌舵，谁说了算？肾内科专家不同意重症医生的意见，重症医生和内分泌科专家起争执，内分泌科专家和肿瘤内科医生意见相左，肿瘤内科医生和消化内科专家争论不休。我感觉到自己也应该负起责任，所以在偶尔清醒的时候，会把目前病情的一些细节打出来，并且在露西的帮助下，努力引导所有的医生，不要偏离事实，进行准确的解读。后来，半睡半醒之间，我依稀听到父亲和露西跟每个医生团队讨论我的病情。我们觉得目前还是应该以静脉点滴为主，一直到化疗的影响消失。但每个团队的专家必须去挖掘属于他们专业的可能性，多做一些检查，主张自己赞成的疗法。不过有的看上去真的没有必要，而且很欠考虑。各种采样检查都做了，约了很多扫描照片，开了很多药。我开始搞不清治疗的进展，时间概念也模糊起来。我要求他们向我解释这些治疗计划，但听着听着对方的声音就渐渐变得沉闷飘散，常常是医生说着说着，我就眼前一黑，几乎都听不全。我万分盼望艾玛在场掌控着一切。

突然间，她就出现了。

"你这么快就回来了？"我说。

"你都在重症监护室住了一个多星期了，"她说，"但你别担心，你的病情在好转。很多指标都正常了。你很快就能出去了。"我听说她一直通过电子邮件和医生们保持着联系。

"你之前不是说，你可以单纯地做个医生，我可以单纯地做个病人？"我说，"我觉得说不定这样更好。我一直在读科学和文学读物，想为自己找个比较正确的观点，可是没找到。"

"我觉得你光靠看书是找不到的。"她回答。

终于有了艾玛这个掌舵人，为一派混乱的会诊注入了一丝平静。我脑中忽然涌现出艾略特的诗句：

哒密阿塔：小船欢欣地响应

那熟于使帆和摇桨的手

海是平静的，你的心灵受到邀请

会欢快地响应，听命于

那节制的手 [1]

我靠在病床上，闭上双眼。黑暗再次袭来，意识渐渐模糊，我终于放松了。

露西的预产期到了，却没有阵痛反应。我也终于被安排出院了。自从诊断出癌症之后，我体重下降了四十多磅 [2]，仅过去一个星期就下降了十五磅。我现在的体重大概是八年级时的体重，但头发相比那时稀疏了不少，基本上都是在过去一个月掉的。我从间歇性的昏迷中苏醒过来，头脑清醒地面对这个世界，身体却油尽灯枯。我能看到自己皮囊之下瘦骨嶙峋，像行走的 X 光片。回到家，光是抬头挺胸就让我劳累至极。要使出双手的力量才能拿起一杯水。看书？根本不可能。

露西和我的双亲都来家里帮忙了。我出院后两天，露西经历了第一次宫缩。她待在家里。我妈妈开车送

---

1. 出自《荒原》。

2. 约18公斤。

我去见艾玛，这是一次预约好的随诊。

"心情不好吗？"艾玛问。

"好啊。"

"你心情应该不好的。康复是个漫长的过程。"

"嗯，好吧，是不太好。整体来说我心情是挺不好的。但日子要一天一天过，我已经做好准备，继续做物理治疗，开始康复过程。我之前也做过，所以肯定驾轻就熟的，对吧？"

"你看了上次照的片子吗？"她问道。

"没有。我已经不看了。"

"片子看着还不错，"她说，"病情比较稳定，肿瘤甚至有轻微缩小。"

我们聊了未来的一些流程。先暂停化疗，等到我身体强壮一些再说。此外，以我目前的状态，那些试验性的临床研究不会接收我入组。总之，在我恢复一点力量之前，所有的治疗都不可行。我用头靠着墙，因为脖子上的肌肉松松垮垮，已经难以支撑头部。我脑子里一团糟，如坠云里雾里。我又需要她变成那个"神谕家"了，需要她再次占卜预言，获知生命的秘密：不管是听取鸟语，还是观察星图；不管是探测突变基因，还是研究卡普兰 - 迈耶生存曲线。

"艾玛，"我说，"接下来怎么办？"

"强壮起来。就这么简单。"

"但是癌症复发的话……我是说，这个可能性……"我犹豫了。一线治疗（特罗凯）失败了。二线治疗（化疗）差点要了我的命。即使我能活着撑到用上三线药物，希望还是很渺茫。除此之外，还有试验性治疗，这是个广阔的未知领域。我情不自禁地将各种疑问和盘托出："呃，重返外科的可能性，甚至是重新走路的可能性，还有——"

"你至少还有五年好活。"她说。

她终于说出来了，但语气根本没有"神谕家"的权威，一点也不自信笃定。相反，这句话像一句恳求，令我想起那个只会说数字的病人。与其说她在告知我，不如说是在恳求我。此时此刻她不是医生，只是个普通人，对抗不了冥冥中真正掌控这些的力量和命运。我们面对面，一个是医生，一个是病人，我们之间的关系有时候是前者对后者绝对的权威和把控，有时候呢，就像现在，只是两个凑在一起互相安慰的人，而其中一个正面对着死亡的深渊。

原来，医生们也是需要希望的。

见完艾玛回家的路上，露西的妈妈打电话说，他们已经往医院去了。露西要生了。（"一定要早点做硬膜外麻醉。"我对她说。露西受的痛苦已经够多了。）爸爸用轮椅推我去了医院，我又回到了熟悉的地方。产房里支了一张简易床，我在上面躺下，盖了保暖袋和毯子，这样我骨瘦如柴的身体才不至于冷得发抖。

接下来的两个小时，我目睹了露西和护士一起经历生产的过程。随着宫缩渐渐加剧，护士一直在报数让露西使劲："一二三四五，六七八九十！"

露西转身，微笑着看我。"还以为我在打比赛呢！"她说。

我躺在小床上，用微笑回应她，看着她起伏的孕肚。露西和女儿的生活中，将会有很多缺失。如果我只能陪伴到现在这个份儿上，那就尽量陪伴吧。

午夜之后，护士把我叫醒。"快了。"她低语道。她抱起毯子，扶着我坐在露西身边的一张椅子上。产科医生已经来了，和我年纪差不多。宝宝的头露出来了。她看着我："有件事可以肯定地告诉你：你女儿的头发和你一模一样，"她说，"而且很浓密呢。"我点点头，握住露西的手，和她一起经历这生产的最终时刻。接着，她最后使了把劲，七月四日凌晨两点十一分，她呱呱坠地，伊丽莎白·阿卡迪亚，昵称卡迪，我们几个月前就把名字想好了。

"能让她贴贴你的皮肤吗，爸爸？"护士问我。

"不，我太——太凉了，"我上牙和下牙直打架，"但我很想抱抱她。"

她们用毯子把她裹好，递给我。我一只手臂感受着这新生命的重量，另一只手与露西十指紧扣，生命的无限可能在我们面前铺展开来。我体内的癌细胞在慢慢消亡，但也有可能重新生长。展望无限广阔的未来，我看到的不是寂静无人的空荡荒原，而是更简单纯粹的东西：一页我将继续书写的白纸。

然而，家中充满了色彩与活力。

日子一天天过去，卡迪像朵小花般慢慢绽放：第一次抓握，第一个微笑，第一声大笑。她的儿科医生定期用图表记录她的成长，在那些表明她逐渐长大的指标前画钩。她周身散发着一种崭新的光明。她坐在我膝上微笑，沉浸在我不成调的哼唱中，整个家似乎都被炽热的光照亮了。

时间对于如今的我，就像一把"双刃剑"：每天，我都从上次复发中恢复一些，但又距离下次复发更近一些，当然，也离死亡更近一些。也许那一天比我估计的要晚，但肯定比我希望的早。我想，意识到这一点，大概会做出两种反应。最明显直接的反应应该是立即行动的冲动，"最充分地享受生活"，去旅行，去大快朵颐，去把握那些曾经忽略的梦想。然而，癌症的一个残酷之处，就是这种病不仅限制了你的时间，还限制了你的精力，极大地减少了你一天里能做的事情，就像一只疲惫的兔子在赛跑。不过，即便我有这个精力，我也更希望像一只乌龟，深思熟虑，稳步踏实地向前。有些时候，我只是单纯地在坚持而已。

如果一个人高速行动时，时间会膨胀，那要是几乎一动不动，时间会收缩吗？一定会的吧：现在，每一天似乎都缩短了很多。

一天天过得千篇一律，时间似乎也静止了。英语中，"time"这个词的意思多种多样："现在的时间是两点四十五"，"我这段时间过得不太好"。对于现在的我，与其说时间是时钟的嘀嗒作响，不如说是一种生存的状态。

疲惫成为稳定的常态，我反而有种豁然开朗的感觉。做医生的时候，在手术室全神贯注地治疗病人，我可能只是时不时抬眼看一下手表的指针在哪里，但从没觉得时间是毫无意义的。而现在，每天的一分一秒都变得毫无意义，每一天整体来看也好不到哪儿去。医学院的培训无休无止，完全是着眼于未来的，一切都在强调延迟满足。你会一直思考，五年后的自己在做什么。然而，现在的我，完全看不到五年后的自己在做什么。也许已经去世，也许没有。也许恢复了健康。也许在从事文学创作。我真的不知道。所以，花时间去思考未来似乎没什么用处，只要想想午饭吃什么就好了。

说话时的措辞也变得混乱起来。怎么说才对呢？"我是一个外科医生"？"我曾经是一个外科医生""我曾是，也将再度成为一个外科医生"？格雷厄姆·格林曾经说过，人真正的生命是在头二十年，剩下的不过是对过去日子的反射。那我现在究竟生活在什么时态之中？我是不是已经过完了现在时态，进入了过去完成时？将来时态似乎一片空白，用别人的话来说，就是"说不准"。几个月前，我在斯坦福参加了第十五次大学同学会，站在场地边，喝着一杯威士忌，看着一轮粉红的夕阳一点一点沉到地平线下面。老朋友们依依惜别，向我承诺："第二十五次同学会还是会见到你的！"——如果我回一个"呃……可能见不到了"，那就显得太不礼貌了。

面对生命的界限，人人都会屈服。我想，进入这种过去完成时的人，应该不止我一个。大多数的梦想和抱负，要么被实现，要么被抛弃，无论如何，都属于过去。而我的未来已经不是一架天梯，通往逐步升高的人生目标，而是一路平坦，铺陈为永恒的现在。金钱、地位，这一切的虚荣浮华，都像《传道书》[1]里对其毫无兴趣的传道者所说的：不过是捕风而已。

然而，有个小东西是有笃定未来的：我们的女儿，卡迪。但愿我能活到她记事，能给她留下点回忆。语言文字的寿命是我无法企及的，所以我想过给她写一

---

1. 《圣经·旧约》的一部分。

些信。但是信里又能说些什么呢？我都不知道这孩子十五岁时是什么样子的，我都不知道她会不会接受我们给她的昵称。这个小婴儿完全代表着未来，而我的生命呢，除了特别微小的可能，很快将成为过去。她与我，只有短暂的交集。也许，我只有一件事想告诉她。

我要传达的信息非常简单：

在往后的生命中，你会有很多时刻，要去回顾自己的过去，罗列出你去过的地方，做过的事，对这个世界的意义。我衷心希冀，遇到这样的时刻，你一定不要忘了，你曾经让一个将死之人的余生充满了欢乐。在你到来之前的岁月，我对这种欢乐一无所知。我不奢求这样的欢乐永无止境，只觉得平和喜乐，心满意足。此时此刻的当下，这是我生命中最重大的事。

后记

露西·卡拉尼什

爱人啊，你留给我两份遗产——

一份是爱情

若将其献给神圣的上帝

他也必然会满意

另一份是无边的痛苦

它像大海那样广阔无垠

在永恒与稍纵即逝之间

在你的思想意识与我之间

——艾米莉·狄金森 [1]

---

[1] 艾米莉·狄金森（Emily Dickinson，1830—1886）：美国诗人，被视为二十世纪现代主义诗歌的先驱之一。

2015 年 3 月 9 日，星期一，保罗在病床上去世。家人都陪在他身边。离病房不到两百米的地方，就是八个月前我们的女儿卡迪呱呱坠地的产房。从卡迪出生到保罗去世，如果你曾经看到我们一家在本地的烧烤餐厅大吃牛排，或者微笑着分享一瓶啤酒，旁边的婴儿车上安睡着一个睫毛长长、深色头发的小婴儿，你大概完全想不到保罗的生命很可能只剩下不到一年。对于这一点，我们自己也无法理解。

卡迪降生后的第一个圣诞节前后，她刚满五个月，在特罗凯和化疗药相继失去作用之后，保罗体内的癌症又开始对三线治疗药物产生耐受。正逢长假，一家人都团聚在保罗童年时代的家，亚利桑那的金曼。卡迪穿着印有糖果手杖的舒适睡衣，吃了第一口辅食，是捣得烂烂的番薯泥。家里洋溢着节日的喜庆气氛，烛光摇曳，大家谈笑风生。几个月来，保罗的体力日益下降，就算头上悬着痛苦的愁云惨雾，我们仍然继续享受着开心快乐的每一刻。我们举办温馨的晚餐聚会，晚上互相拥抱偎依，凝视着女儿闪亮的双眸，欣赏她与生俱来的平静，感到由衷的快慰。当然，保罗一直坚持写作，他斜倚在轮椅中，身上包裹着一条温暖的羊毛毯。生命的最后几个月，他以常人难以想象的全神贯注，完成了这本书。

冬去春来，周围的一片玉兰树盛开出大朵大朵粉色的花，保罗的健康状况却急剧恶化。到二月底，他已经需要辅助供氧来进行正常呼吸了。我常常把他分毫未动的午饭扔进垃圾堆，盖住之前分毫未动的早饭。几个小时后，又往上面倒了分毫未动的晚饭。他以前很爱吃我做的早餐三明治：鸡蛋、香肠和奶酪，三样一起吃。但他的胃口逐渐变差，就变成简单的吐司和鸡蛋，后来只剩下鸡蛋，一直到鸡蛋也吃不下。就连我计算好热量打的果蔬汁，以前是他最爱喝的，现在都提不起胃口了。

保罗睡得越来越早，吐音出现间歇性的含混不清，且频频出现恶心症状。CT扫描和脑部核磁共振都证实肺部的癌症在恶化，脑子里又长了新的肿瘤，包括一种名为软脑膜转移癌的罕见的、致命的浸润性肿块，这类病人往往只剩下几个月的生命，而且神经很有可能迅速衰退。这件事对保罗打击很大。他没说什么，但作为神经外科医生，他当然很清楚自己即将面对什么。保罗当然早就接受了自己时日无多的事实，但神经衰退这个新的负担令他备感沮丧。他可能丧失活着的意义，完全失去自我，变成一个废人，光想想就让人痛苦万分。我们和保罗的肿瘤医生一起制定策略，列出了保罗的当务之急：尽量保持精神敏锐度，有多久算多久。我们参加了一个临床试验，咨询了一位神经肿瘤专家，还见了缓和医疗[1]团队，讨论临终关怀的办法，尽量提高他最后时光的生活质量。我努力让自己坚强，但还是免不了心如刀割，想着他有多么痛苦，担心他最多只能活几个星期。和他十指紧扣时，我会幻想他的葬礼。那时候我都不知道，保罗只剩下几天时间了。

保罗在这世上的最后一个星期六，我们是在舒适的客厅里度过的，家人都在。保罗坐在轮椅上，抱着卡迪。他父亲坐在我的哺乳椅上，他母亲和我坐在不远处的沙发上。保罗给卡迪唱歌，在膝头轻轻摇晃着她。她咧嘴大笑，目光显然聚焦在爸爸鼻子上的输氧

---

1. 也称舒缓医疗、安宁疗护、姑息医学，是针对危重病人的一种疗法。在最小伤害和最大尊重的前提下，尽量让病人生命的最后时日过得舒适、宁静和有尊严。

管上。我拒绝了所有家人以外的探望，保罗的世界变小了，但他告诉我："我希望大家都知道，就算我不见他们，也是爱着他们的。我珍惜与他们的友谊，少喝一杯酒也不会改变什么。"那天他什么也没写。这本书的手稿也只完成了一部分。保罗也知道他不大可能写完了，精力体力不支，脑子不太清楚，也没时间了。

为了给临床试验做准备，保罗停掉了一直在吃的靶向治疗药。这个药本来在控制癌症上就疗效甚微，但停药也有风险，可能导致癌症迅速扩散恶化。所以，保罗的肿瘤医生叫我每天都给他录像，记录他的语言或步态，以判断二者有没有出现问题。"四月是最残忍的月份，"——那个周六，保罗在客厅大声朗读，我在一旁录像，他选择了艾略特的《荒原》——"把回忆和欲望掺和在一起／又让春雨催促那些迟钝的根芽。"他还超额完成任务，把书背面向上放在膝头，坚持进行背诵。大家都被逗笑了。

"也就是他才做得出来！"他妈妈微笑着说。

第二天，周日，我们祈祷着能继续平安无事地度过周末。如果保罗感觉还行，我们就去教堂，然后带卡迪和堂哥堂姐们去山上公园里的婴儿秋千那边玩。

我们会继续消化最近这些令人痛苦的消息，分担忧伤，珍惜在一起的时光。

然而天不遂人愿，时间加快了脚步。

周日清早，我摸了摸保罗的额头，发现烧得厉害，40℃。虽然他看起来好像挺舒服的，也没有其他新症状。几个小时内，我们就在急救室进进出出。保罗的父亲还有苏曼都来帮忙。医生开了抗生素预防肺炎（保罗的胸片上全是密密麻麻的肿瘤，有炎症可能也看不出来）之后，我们回了家，家人都等在那里。

不过，这会不会不是肺炎，而是癌症迅速恶化的征兆呢？下午，保罗打了个盹儿，还算舒服，但病情显然很严重。我凝视着他睡觉的模样，突然哭了起来，于是轻轻走到客厅，发现他父亲也在流泪。我已经开始想念保罗了。

周日晚上，保罗的病情突然恶化。他坐在床边，呼吸很困难，真是让人心惊肉跳。我叫了救护车，这次，保罗是躺在轮床上进的急救室，他的父母紧紧跟在我们身后。保罗转头看着我，低语道："也许这就是结束了。"

"我一直陪着你呢。"我说。

医院的各位像往常一样热情地问候保罗，但观察了他的情况之后就迅速行动起来。他们做了一些初步检查，用面罩盖住他的鼻子和嘴，用双水平正压通气（BiPAP）呼吸机辅助他的呼吸。这种呼吸辅助系统能在他每次吸气时通过机械原理提供大量流通的空气，基本上就代劳了他的呼吸活动。BiPAP 的确有助于呼吸机能的正常运转，但对病人来说也是不小的负担，噪声很大，作用力很强，每一次呼吸都会把两瓣嘴唇吹得"相距甚远"，看起来就像那些把头伸出车窗外的狗。我站在他身边，斜倚着轮床，保罗握着我的手。呼吸机发出稳定均衡的"呼——呼——"声。

保罗血液中的二氧化碳含量高得吓人，说明目前这种换气方式不足以支撑躯体的需要。血气分析的结果表明，有些过量的二氧化碳已经累积了几天，甚至几个星期。这段时间他的病一直在持续恶化，肺部也在逐渐衰竭。他的大脑慢慢适应了高于普通标准的二氧化碳含量，所以人还算清醒。他能够观察各种症状和现象。作为医生，他明白这些检查结果预示着糟糕的结局。我也明白。我跟在他身后，医护人员推着他走向重症监护室。从前，他的很多病人在神经外科手术前后都在这样的病房里痛苦挣扎过。现在，他的家人都聚集在床边，坐在塑料椅上。"我会需要插管吗？"到了病房，他在 BiPAP 呼吸的间隙问我，"我应该被插管吗？"

那一夜，保罗都在讨论这个问题，和他的医生、家人进行了一系列谈话，最后变成我俩单独的对话。午夜时分，危重医学的主治医生，也是保罗长期以来的良师益友，进了病房，和家人讨论治疗方案。他说，BiPAP 只是暂时的缓兵之计。唯一还能再试试的就是给保罗插管——给他上那种有创呼吸机。

保罗愿不愿意这样呢？

很快大家就意识到关键问题：这种突然的呼吸衰竭可以逆转吗？

我们关心的是，保罗的病情会不会太严重，呼吸机一旦上去就撤不下来了。他会不会突发精神错乱，继而器官衰竭，先是意识丧失，最后身体也跟着消亡？都是医生，这种令人痛苦的场景我们都曾见证过。保罗提出了另一种方案，他可以选择不插管，接受"舒适护理"[1]，就算死亡也许来得更迅速，更笃定。"就算我撑过了这次，"他始终想着自己的脑癌，"未来也可能没有任何意义。"他妈妈很绝望地打断他："今晚别做任何决定好吗，保比？"她说，"咱们先好好休息。"保罗明确表示不要进行心肺复苏，然后同意了母亲的请求。

护士满怀同情地多给了他几条毯子。我关掉病房的日光灯。

保罗一觉睡到日出时分，他父亲一直坐在旁边守着。我到旁边的房间小睡了一会儿，希望自己在精神上不要垮掉。因为我知道，接下来也许就是我人生最艰难的一天。早上六点，我轻手轻脚回到保罗的病房，依然是昏暗的灯光，重症监护仪断断续续地响着。保罗睁开眼睛。我们又谈了"舒适护理"的问题，不准备采取任何特别激进的手段去阻止他病情的恶化。而且，他使劲大声问我能不能回家。他病得这么严重，我担心这样动来动去他会太痛苦，还可能在回家路上

---

1. 以病人身心的舒适程度为重的一种护理模式。

就会去世。但我还是说，如果他现在最看重的事情就是回家，那我会尽一切努力带他回去。我们互相点头达成共识。现在的方向应该就是舒适护理了。

或者，有没有可能把这里变成家呢？在 BiPAP 呼吸的间隙，他给出了答案："卡迪。"

卡迪很快就来了。我们的朋友维多利亚去家里把她接来了。懵懂的她欢天喜地地开始"看护"爸爸，舒舒服服地躺在保罗的右臂之中，拉扯自己小小的袜子，小手拍打着爸爸身上盖的毯子，一会儿咧嘴微笑，一会儿牙牙学语，丝毫没受 BiPAP 的影响。而这台呼吸机继续工作着，维持着保罗的生命。

医疗团队一次次地来查房，在病房外讨论保罗的病情，他的父母和我也加入讨论。保罗的急性呼吸衰竭，应该是由癌症急剧恶化引起的。他血液的二氧化碳浓度还在上升，这是气管插管的强力指征。作为病人家属的我们矛盾万分：保罗的肿瘤医生打电话来，满怀希望地认为这种急性的问题能够得到缓解，但在场的医生就没那么乐观了。我恳求他们，尽量准确地预测他从这次急性衰竭中恢复的可能。

"他不想要那种孤注一掷的、激进的方案，"我说，

"如果他还能度过一些有意义的时光，他想把面罩摘下来，好好抱抱卡迪。"

我回到保罗床边。他看着我，盖着 BiPAP 面罩的鼻梁之上，那双深色的眼睛炯炯有神。他用轻柔而坚定的声音，清楚明白地说："我准备好了。"

准备好了。他的意思是：准备好撤除呼吸辅助设备，准备好注射吗啡，准备好离开了。

一家人都聚集在一起。保罗做了决定后，我们抓紧珍贵的分分秒秒，表达了我们的爱与尊重。保罗的眼中泪光闪烁。他感谢了父母，并且让我们保证，他写的东西能以某种形式出版。他最后一次对我说"我爱你"。主治医生走进来，用尽量坚强的语气对他说："保罗，你去世以后，你的家人会伤心崩溃，但他们一定会振作起来，因为你给他们树立了勇敢的榜样。"吉旺凝视着保罗，苏曼说："安心地去吧，我的弟弟。"我强忍着心碎，最后一次和他同床共枕。

我想起那些年我俩一起相拥过的床。八年前，还是医学生的我们也是这样躺在一张单人床上，旁边是我生命垂危的祖父。他在家里，病入膏肓。我们没有过完蜜月就回来分担照顾他的重担。每过几个小时就起床喂他吃药。我看着保罗俯下身子，凑近去听祖父小声提出的要求，对他的爱又加深了几分。然而那时的我们又怎能想象眼前的场景，竟然在如此近的将来，我们就一起躺在保罗自己临终的床上。

二十二个月以前，我们在同一家医院另一层楼的一张病床上相拥而泣过，当时保罗刚刚被确诊癌症。八个月以前，也是在这家医院，我们一起躺在我的病床上。卡迪出生了。我和保罗都在睡觉，互相枕着对方的手臂，那是卡迪出生后我的第一个长长的好觉。我想起家中那张空荡荡的舒服的床，想起十二年前在纽黑文与保罗坠入爱河。那时我特别惊讶，两个人的身体四肢竟然如此契合，从那时起，我们都是互相拥抱时睡得最好。我用自己拥有的一切祈祷，愿他此刻也感受到和我一样的舒适与安心。

一个小时后，面罩摘了，监视器也撤了，吗啡流进保罗的静脉输液管。他的呼吸很稳，但也很浅，看上去挺舒服的样子。

尽管如此，我还是问他，要不要多打点吗啡。他点点头，闭上双眼。保罗的妈妈就坐在旁边，爸爸的手放在他头顶。最后，他陷入了昏迷。

　　九个多小时，保罗的父母、兄弟、弟妹、女儿和我，我们这些家人全都围坐在身边，看顾着不省人事的他。他的昏迷愈发加深，偶尔呼吸一两下，眼睑紧闭，脸上是如释重负的表情。他长长的手指温柔地盖在我手上，保罗的父母先是把卡迪放在摇篮里，接着又把她安放在病床上，摇摇她，哄哄她，让她甜甜地入睡。病房里弥漫着浓浓的爱，就像多年来一家人团聚的很多节日与周末。我抚摩着保罗的头发，低语着："你是个勇敢的圣骑士。""圣骑士"是我对他的昵称。接着我在他耳边安静地唱起一首歌谣，是我俩过去几个月来一起编的，旋律简单，朗朗上口，中心思想就是"谢谢你爱我"。关系很近的表亲和叔叔也来了医院，接着我们的牧师赶到了。一家人分享着特别有爱的趣事和只有彼此才懂的笑话。接着我们相继哭起来，忧心忡忡地端详保罗和彼此的脸。我们沉浸在此时此刻的珍贵与痛苦中，这是与保罗最后的团聚时光。

　　温暖的夕阳从病房西北向的窗户斜斜地照进来。保罗的呼吸变得越来越安静。卡迪的睡觉时间快到了，她举着胖胖的小拳头揉揉眼睛。一个朋友到医院来把她送回家。我把她的脸颊凑到保罗的脸颊前。父女俩有着一模一样的深色头发，都是这里一簇那里一簇地歪斜着。保罗的面庞平静安详，卡迪有些古怪地做着鬼脸，但也很平静。他所深爱的宝贝完全想不到，这一刻就是永别。我轻轻唱起卡迪的安眠曲，不仅是对女儿，也是对保罗。接着我松手把卡迪交给朋友。

　　夜幕降临，病房暗下来，一盏低低的壁灯发出温暖的光。保罗的呼吸越来越弱，越来越不规则。他的整个身体都很平静，四肢也放松了。快到九点的时候，他的嘴唇微微张开，合上双眼。他深深吸了一口气，又长长地呼出。这是他最后一次呼吸。

　　从某种意义上说，《当呼吸化为空气》是一本未完成的书，主要是因为保罗的病情急剧恶化了。但这种未完成，恰恰也是本书真意的一部分，反映了保罗面临的现实状况。生命的最后一年，保罗笔耕不辍，完成此书成为他活着的目的，所剩无多的时日也催促他抓紧时间。他还在担任神经外科住院总医生时就开始写了，常常午夜时分文思如泉涌，就在床上我的身边打开笔记本电脑，轻轻敲击键盘；后来，他利用躺椅上的午后时光写作；在肿瘤医生的候诊室里也不忘写个几段；化疗输液时就接编辑的电话，无论去哪里，都带着他那个银色的笔记本电脑。后来，因为化疗，他的指尖出现了龟裂现象，很痛，我们就找了镶着银边的无缝手套，好让他继续使用触摸板和键盘。癌症的恶化带来令人痛苦万分的疲惫感，他之所以决心采用姑息治疗方案，就是因为这样可以保留写作所需要的精神专注力。他决心坚定，坚持写作。

这本书言辞恳切，本来写的时候就在和时间赛跑，表达的也全是保罗认为重要的心声。无论是作为医生，还是病人，他一直都与死神面对面：检验、对抗和接受。他想帮助人们理解死亡，并直面自己必死的命运。现在，三十几岁就去世的人算是少见，但死亡并不少见。"肺癌并不是什么天外来客，"保罗在写给最好的朋友罗宾的一封电子邮件中说，"得了肺癌，的确悲惨，但也可以想象。（读者）可以让自己身临其境，感受一下，说：'原来是这样一种感觉……迟早我可能也会亲自走到这一步。'这可能就是我的目的。不去哗众取宠地用死亡煽情，也不老生常谈地劝大家'花开堪折直须折'，而是告诉大家这一路上到底会面对什么。"当然，他所做的远不止为大家描述一路的状况，还以自己的血肉之躯，勇敢地在这险境中跋山涉水。

我们身处对死亡避而不谈的文化，而保罗决定毫不避讳地直面死亡，这种刚毅和勇气正是我们所倡导和敬佩的。他的力量中有抱负和努力，但也有柔韧，有着与苦涩截然相反的味道。他的大半生都在反复思考如何度过充满意义的一生，而这本书也对这个核心领域进行了探索。"预言者总是发言者，"爱默生写道，"他的梦总会以某种方法公之于众，他总会用肃穆的喜悦将其昭告天下。"写这本书，就是保罗这个勇敢的预言者成为发言者的一个机会，教会我们坦诚地直面死亡。

在这本书出版之前，我们的家人和朋友应该大都对保罗住院医生生涯后期我俩之间的婚姻问题毫不知情，但我很高兴保罗在书中写到了这件事。这是我们生活真相的一部分，也是对保罗与我生命的重新定义，这其中有挣扎，有救赎，也充满意义。他被诊断出癌症，就像一把胡桃夹子夹破了我们婚姻中坚硬的隔阂，让我们重新回到那充满营养的柔软内核之中。我们彼此支撑依赖，只求他的身体安好，两人的精神不倒，我们以完全坦诚的爱相濡以沫。我们各自都对很亲密的朋友开过同样的玩笑，说挽救婚姻关系的秘诀，就是其中一人患上绝症。相反地，我们其实是明白了，直面绝症的方法之一，就是深爱——袒露自己的脆弱，满怀善良、慷慨与感恩。他被确诊后的几个月，我们并排站在教堂的一排座位前，一起唱着赞美诗《仆从之歌》。对于共同面对未来的不确定与痛苦的我们来说，歌词充满了振聋发聩的意义："我将分享你的喜乐与伤悲／直到这一路携手共度。"

确诊之后，保罗立刻对我说，在他过世之后一定要再婚。而他在与病魔抗争的整个过程中，种种行动也充分体现了这句话背后的目的。他努力努力再努力，就是要保障我的未来，不遗余力地确保我能继续好好生活，不用担心财务问题，安心工作奔事业，并享受一个母亲的天伦之乐。与此同时，我也努力努力再努力，确保他此时此刻和剩下的时日能过得尽可能地好。我追踪和监管他所有的症状和医疗护理，面面俱到，无微不至。这大概是我医生生涯中最重要的工作。我还支持他的抱负和梦想，在灯光昏暗、安全感满满的卧室里与他拥抱，听他低声倾诉自己的恐惧，见证他的努力，肯定他的勇气，接受眼前的现实，抚慰他的情绪。我们恢复了医学生时代的形影不离，那时候我们连听课都手拉着手。现在，做完化疗走出医院大门的时候，我们也在他的大衣口袋里手拉着手。即使天气转暖，保罗仍然穿着厚厚的冬大衣，戴着帽子。他知道自己永远不会孤零零一个人，永远不会承受不必要的痛苦。他去世前的几个星期，我们待在家里，躺在床上。我问他："我像这样把头靠在你胸上，你呼吸没问题吧？"他回答："只有这样，我才知道怎么呼吸。"保罗和我在彼此的生命中都有着深刻的意义，这是我一生最大的福佑之一。

我们俩也都从保罗的家人那里汲取了力量。他们在保罗患病期间一直支持着我们，并帮助我们产下自己的孩子，让她也成为这个家的一员。得知儿子罹患绝症，保罗的父母当然震惊而痛苦，但仍然给予了我们坚定的抚慰和安全感。他们在我们家附近租了间公寓，经常来探望。保罗的爸爸帮他揉脚，妈妈常常做美味的印度薄饼，蘸酸辣椰酱吃。保罗、吉旺和苏曼常常懒洋洋地躺在我们家的沙发上。保罗的腿支起来好减轻背部的疼痛。他们三兄弟闲扯着橄榄球赛的排兵布阵。吉旺的妻子艾米丽和我就在一边哈哈大笑。

而卡迪则和她的堂姐伊芙、堂哥詹姆斯一同安睡。那些美好的午后，我们家的客厅就像个安宁的小村庄。后来，也是在同一个房间，保罗坐在写字椅上，抱着卡迪，大声朗读罗伯特·弗罗斯特、艾略特和维特根斯坦等人的著作，我则忙着拍照。这些简单轻松的时刻洋溢着美好与福佑，甚至可以说是我们每个人的好运，如果这个世界上存在运气这种东西的话。我们发自内心地感到幸运，充满感恩，为我们的家人，为朋友的陪伴，为一生的机遇，为我们的女儿，为我们在关键时刻都能给予对方绝对的信任和接受。虽然过去这几年我们过得很艰难，有时甚至产生走不下去的感觉，但这同时也是我一生中最美妙、意义最深远的岁月——每天都在生与死之间采取着行动，喜乐与痛苦平衡并存，进一步深入探索感恩与爱。

依靠自己的力量以及亲朋好友们的支持，保罗以优雅的姿态面对病痛的每一个阶段——他没有故作勇敢，也没有怀着虚妄的信念，认为可以"克服"或者"战胜"癌症。他坦然真诚，自己本来规划好的未来变得无望，他表示悲痛，但同时又创造了一个新的未来。确诊那天，他哭了。看着浴室镜子上我们画的画，写的字——"我余生每一天都想和你一起待在这里"，他哭了。在手术室的最后一天，他哭了。他允许自己敞开心扉，展露脆弱，接受别人的安慰。就算身患绝症，保罗也活得非常充实。就算身体已然垮掉，他在精神上依然生机勃勃，开朗大方，充满希望，当然不是奢望能病愈，而是希望充实地度过目标明确、意义深远的每一天。

保罗在《当呼吸化为空气》中所传递的信息，很强烈，也很独特，但也有些孤独。和这个故事并行的，是围绕在他身边的爱与温暖，当然也有适度给予的空间和放任。在时间与空间中，我们都有着不同的自我。这其中的他是个医生，也是个病患，并处于医患关系当中。他在字里行间的个性非常鲜明，显然他时日无多，显然他是个永无止境的奋斗者，当然还有其他的自我，是书中没有充分展现的。比如保罗的幽默感，他是个很调皮很有趣的人，还有他的体贴和温柔，他对朋友家人的重视。但这就是他写的书，是他在这段时间里想要发出的声音、传递的信息。需要写下来的时候，他就写下来了。说心里话，我最想念的那个保罗，竟然不是与我初坠爱河、风度翩翩、身强体健的保罗，而是生命最后一年那个全神贯注、散发着人性光辉的男人，是那个写下这本书的保罗——身体病弱，但精神不倒。

保罗很为这本书自豪，这算是充分体现了他对文学的热爱。他曾经说过，比起《圣经》，诗歌更能给他心灵的抚慰。这本书也展现了他的能力，能够从自己的生活出发，讲述一个与死神同行的故事，扣人心弦，充满力量。2013 年 5 月 1 日，保罗给最好的朋友写邮件，告诉他自己得了癌症。邮件里写道："好消息是，我已经比勃朗特三姐妹中的两个 [1]，还有济慈 [2] 和斯蒂芬·克莱恩 [3] 都活得长了。坏消息是，我还什么都没写呢。"那之后他就走上了"转型之旅"，满怀激情地从过去的事业投入新的事业，从丈夫的角色转变为一个

---

[1] 勃朗特三姐妹均为在英国家喻户晓的作家。其中夏洛蒂·勃朗特（Charlotte Brontë，1816—1855）的代表作为《简·爱》（ *Jane Eyre* ），艾米莉·勃朗特（Emily Brontë，1818—1848）的代表作为《呼啸山庄》（ *Wuthering Heights* ），安妮·勃朗特（Anne Brontë，1820—1849）的代表作为《艾格尼丝·格雷》（ *Agnes Grey* ）。

[2] 约翰·济慈（John Keats，1795—1821）：英国诗人。

[3] 斯蒂芬·克莱恩（Stephen Crane, 1871—1900）：美国作家，代表作为《红色英勇勋章》（ *The Red Badge of Courage* ）。

父亲，当然，最终也完成由生到死的转变。这是我们所有人都将面对的终极转变。我骄傲于作为伴侣，陪着他经历了这一切，包括陪伴他写作此书，直到最后那一刻。写作这件事——正如他以如此文采斐然的文字所阐述的那样——令他的生活充满了希望，充满了内在能动性和外部机遇之间的微妙交融。

保罗被安放进一个柳木棺椁，葬在圣克鲁斯山上一片田野的边缘，可以俯瞰太平洋和海岸线。沿途充满了回忆——步履轻快的远足、海鲜大餐、庆生的鸡尾酒。两个月前的一月份，一个和暖的周末，我们在山下一个沙滩上，把卡迪胖乎乎的小脚浸入咸咸的海水中。保罗对于自己死后肉身的去向并不在意，让我们代表他做决定。我想我们这个选择还不错。保罗的坟茔朝西，越过大约八公里翠绿的山巅，与大海遥遥相望。他周围的山丘野草丛生，针叶树木繁茂，黄色大戟属植物漫山遍野。在坟前坐下，你能听到风在吹拂，鸟在啁啾，还有花栗鼠窸窸窣窣匆匆忙忙的脚步。一路走到这里，他付出了很多努力。他的坟冢也充满了坚强与荣耀，他值得拥有这样一块安眠之地——我们都值得拥有这样一块安眠之地。这个地方让我想起祖父从前很喜欢的一句祷告："我们会在不知不觉间徐徐上升，来到永恒的山巅，那里的风多么凉爽，那里的景色多么辉煌。"

但总是待在这里也并非易事。山顶的天气变化多端，而保罗被埋在山的迎风面，我来看他的时候，分别遭遇过烈日、浓雾和刺骨的冷雨。平常的日子这里有多宁静，天气差起来就有多不舒服——既孤独静谧，又饱受外界环境的影响，正如死亡，正如悲痛。但这一切当中都蕴含了美，我觉得这样很好，很恰如其分。

我常常去看他，拿着一小瓶马德拉群岛产的酒。我俩是在那里度的蜜月。每次我都会倒一点在草地上给保罗喝。保罗的父母兄弟和我一起来看他时，我一边和他们聊天，一边揉着那些青草，仿佛那是保罗的头发。卡迪也会在小睡前来看爸爸，躺在一块毯子上，注视着头顶的云卷云舒，抓着我们放在那里的鲜花。

保罗的追悼会前夜，家里的兄弟姐妹和我，还有保罗最亲密的二十个老朋友一起聚在这里。有那么短暂的一瞬间，我担心坟前的草会不会被我们给破坏了，因为给保罗倒了太多的威士忌。

我给他带去各种各样的鲜花，郁金香、百合、康乃馨……常常在下次去的时候发现花头都被小鹿吃了。这些花儿真是物尽其用，太棒了，保罗对此也应该是乐见的。周围的土地很快被虫儿翻了一遍，自然的进程一刻不停，让我想起保罗过去的所见，也是如今深入我骨髓的记忆：生与死，谁都逃不掉，看不透，但我们有适应和处理的能力；就算无法掌控，也能因为对生与死的探寻，去寻找人生的意义。保罗的遭遇令人悲伤，但他自己，却不是一个悲剧。

我本以为，保罗去世后，我只会觉得空虚和心碎，却从未想过即使一个人去了，你还是能够一如既往地爱他，从未想过我会在强烈的悲伤之余，一直感受到浓烈的爱意与感恩。有时悲伤很沉重，压得我浑身颤抖，呻吟呜咽。保罗走了，而我几乎每时每刻都在强烈地思念他。但不知怎么，我还是感觉仍然在过着两人一起创造的人生。"丧亲之痛并不能阻断婚姻之爱，"C.S. 刘易斯 [1] 曾经写道，"这只是婚姻中必经的阶

---

1. C.S. 刘易斯（Clive Staples Lewis，1898—1963）：英国著名文学家、学者。

段——就像蜜月。这个阶段的婚姻，也要诚心诚意，好好经营。"我抚养我们的女儿，与家人培养感情，出版这本书，追求有意义的工作。去保罗墓前看他，为他悲痛，也为他骄傲，坚强地活下去……我对他的爱没有停歇，仍然鲜活，这是我万万没有料到的。

每次看见保罗曾经作为医生和病人工作、生活和去世的那家医院，我都会想，如果他活下来了，一定会在神经外科和神经科学领域做出杰出的贡献。他可能会帮助无数的病人与家属度过他们一生中最艰难的时刻，这本来也是他投身神经外科的初衷。他曾经是，也会继续做一个好人，一个深刻的思考者。如今他虽死去，这本书却成为帮助别人的新渠道，也只有他能做出这样的贡献。这当然没有减轻我们失去他的痛苦。但在奋笔疾书的过程中，他找到了人生的意义。他在书中第115页（英文版）写道："你永远无法到达完美的境地，但通过不懈的努力奋斗和追求，你能看见那无限接近完美的渐进曲线。"写作这本书对那时的他来说，实在是很艰巨、很辛苦的工作，但他从未有一丝一毫的懈怠。上天赐予他这样的生命，他就用这样的生命创造出丰硕的成果。《当呼吸化为空气》是一部非常完整的作品。

保罗去世后两天，我写了一篇名为"致卡迪"的日记："一个人死去时，大家都会说好话赞颂他。那你要记住，人们现在所说的关于你爸爸的好话，都千真万确。他真的那么好，那么勇敢。"回想他人生的意义，我脑海里总会浮现出那首衍生于《朝圣者的行进》的赞美诗："谁是真正的勇士 / 请他来到近前……/ 一切虚妄过眼 / 他不会在意他人所言 / 他会昼夜不停劳作 / 成为朝圣者不断向前。"保罗决定正视死亡，不仅体现了他在生命最后时光的精神，更说明了他一直以来的为人。保罗的大半生都在对死亡进行探索和思考，并拷问自己是否能坦然诚实地面对死亡。最后，他给出了肯定的答案。

我是他的妻子，也是见证人。

致谢

露西·卡拉尼什

感谢多里安·卡马尔，保罗在威廉·莫里斯奋进公司的代理人，你的积极支持和鼓励，让保罗充满信心，完成这本很重要的书。感谢安迪·沃德，保罗在兰登书屋的编辑，其决心、智慧和编辑才华让保罗迫切地与他合作，而其幽默与同情心又让保罗想与之成为朋友。保罗的遗愿，是请家人在他死后务必出版这本书，我能给他肯定的承诺，就是因为我们都对多里安和安迪充满信心。那时，这些还都只是他电脑上的一个文件，但因为两位非凡的才能和投入的态度，我相信，保罗去世时，也是满怀希望，知道这些字字句句能够为世人所知，也知道我们的女儿通过这本书能了解自己的爸爸。谢谢亚伯拉罕·维基斯提笔作序，保罗要是读到你的文字，一定会很受触动。（我唯一提出的异议，是维基斯医生说保罗留着"先知一样的络腮胡"，其实只是因为没时间刮胡子罢了！）我很感激艾米丽·拉普，感谢她愿意在我悲痛之时来见我，并辅导我写完后记，像保罗一样教导我，怎么做一个作家，该写些什么东西。感谢所有支持过我们一家的人，包括这本书的读者。最后，感谢那些为了提高人们对肺癌的重视程度以及促进相关研究不懈努力的倡导者、临床医生和科学家，他们全心投入，立志要让那些晚期恶性肺癌患者生存下来。

保罗·卡拉尼什曾经是一位神经外科医生,也是一名作家。他成长在亚利桑那州的金曼,取得了斯坦福大学英语文学学士和硕士学位,以及人体生物学学士学位,其后于剑桥大学取得了科学医药历史与哲学研究硕士学位,还以优异成绩从耶鲁医学院毕业,并在那里加入了"Alpha Omega Alpha 国家医学荣誉协会"。他回到斯坦福,完成神经外科住院医生培训,并投身于神经科学的博士后研究项目,其间获得了美国神经外科学会研究领域的最高奖。2015 年 3 月,保罗不幸去世,但他的生命在那个充满爱的大家庭中得以延续,其中包括他的妻子露西和女儿伊丽莎白·阿卡迪亚。

摄影:SUSZI LURIE MCFADDEN

我虽死去

——译后记

何雨珈

　　我曾经因为一场意外，在医院度过了半年漫长的时光。病床上的我慢慢好转，却目睹了种种人间悲喜：喝醉闹事受伤后仍然大打出手，第二天又泪眼相向、和好如初的夫妻；做工时被轧断十指，工厂却拒绝赔付的女孩；因为骨质疏松被送进医院，最后却查出骨癌的老太太。印象最深的，大概是我快出院时进来的一个女人，她骨盆碎裂，神志不清，手术之后脑袋仍然迷迷糊糊的。护工悄悄告诉我，她的丈夫和儿子，都在那晚的车祸中不幸去世，只有她一个人活了下来。但她还毫不知情。每天，她只是躺在床上，脸上洋溢着奇怪的笑容，偶尔问："他们怎么都不来看我？"

　　几天后我就出院了，以我当时的状况，自然也无暇顾及这个悲情故事的后续。但医院的经历却让我在很长一段时间里怪梦连连。大概因为生命中过去的时光还算幸运，并未遭遇恶事，而在医院，所有的悲恸无常，一下子都铺展在我眼前，让我惊觉"死亡"的真实与残酷。那段时间我总不由自主地去想我人生记忆的起点，那时的我刚满三岁，亲生父亲罹患癌症，其间与母亲一起带着他艰难辗转求医的事情已经非常模糊，只记得他火葬那天，周围或假意或真心的眼泪，还有殡仪馆的推车上，父亲那双光秃秃对着我的脚板。我似乎在某位长辈的怀抱里傻笑，不懂这眼前的生死离别。那一刻只是想跑上去为爸爸暖暖脚心，秋天，风有点凉。那便是我清晰记忆的起点。

毕竟年幼，这段经历很快埋在记忆深处。而医院的时光又将其唤醒，让我在时隔二十年后再次去触碰死亡。我的第一感觉，是愤恨。我的父亲，还有医院的病友们，都是温厚纯良的人，连那个遭到不公待遇的打工女孩，虽然偶尔诉苦，脸上也总是挂着开朗的笑容。然而"愿世界对你温柔以待"的鸡汤到这里却不管用了。死神毫不留情地席卷而来，不分青红皂白地带走牵挂、陪伴、幸福与欢笑。呵，如果举头三尺真有神明，那么在他们受难之时，神明一定缺席，任由死神滥杀无辜。

这种愤恨的感觉，在我初次听说美国医生保罗·卡拉尼什（Paul Kalanithi）的故事时，又微微冒出来。记得是两年前，社交网络上一篇英语文章转得很火，标题叫"How Long Have I Got Left"（我还能活多久）。打开读了一遍，篇幅不算短，是这位医生叙述自己在确诊肺癌之后对生命的一些思考。全篇语气很理性平淡，文章的最后，坚持带病工作的医生有些撑不住，对自己说："我无法前行。"（I can't go on.）当然很快接上了后一句："我仍将前行。"（I'll go on.）然后带着疲乏的病体，走向手术室，继续自己的追求。彼时的我伤病还未彻底痊愈，敏感易怒，医生如此平静，反倒让我愤愤不平：世间多少人蝇营狗苟，甚至心怀鬼胎，却一生平安，健康自得；而这位医生，优秀高尚，绝症之下还不忘救死扶伤，却被恶疾缠身，生死难料。这世界的公平何在？

愤怒的感觉跟随着我，继续应对焦头烂额的生活。这期间我对死亡的情绪，慢慢从痛恨变成恐惧。这应该是那场意外的"创伤后应激反应"。我惧怕站在高处，总觉得下一分钟就要掉下去；我惧怕出门过街，总幻想闯红灯的车怪兽般飞扑而来；亲朋好友出门在外，我时时刻刻忧心他们的安危，短时间联系不上就产生各种胡思乱想。甚至但凡与死亡沾边的字眼，在我这里都变成《哈利·波特》中的"伏地魔"三个字，大忌讳，不可说。我曾反省过这种心态，告诫自己，要随着岁月的沉淀，走出过去的阴影，尽量变得成熟和从容，但很快也就原谅了自己：这世上谁不惧怕死亡呢？

大概这一次，神明没有缺席。他看到我的慌张与恐惧，安排我与保罗再一次相遇。

只是，再看到医生的文字，斯人已逝。两年前我读到的那篇文章的作者，已经在 2015 年的春日走了。医者终究无法自救。死后，家人把他患病期间的文字集结成这本 *When Breath Becomes Air*（《当呼吸化为空气》），现在就摆在我面前。白色的封面，简单地印着书名，"Air"那个小点被设计成一片淡蓝色的羽毛，竟像飞到了我心头，萦绕不去。很容易就让人想起书名的来历，十七世纪英国诗人富尔克·格雷维尔十四行诗中的句子，也是本书开篇的节选：

你在死亡中探究生命的意义，

你见证生前的呼吸化作死后的空气。

新人尚不可知，故旧早已逝去：

躯体有尽时，灵魂无绝期。

读者啊，趁生之欢愉，快与时间同行，

共赴永恒生命！

　　诗歌总是含义模糊的，这一首也不算例外。然而我想，保罗会选择这个书名，大概也是因为他理解中的这首诗，描绘自己的心情最为恰切。翻开扉页读到这首带感叹号的诗，我想起两年前读他那篇行文平淡冷静的文章时，心想这本书总该会有所起伏。毕竟只听他的故事就让人心有戚戚，绝症这样的事情，怎么可能没有一点煽情？

　　然而，阅读全书的过程中，我完全没有如预想般涕泪横流。读完保罗写的结尾，他对女儿的告白，我翻到封面，盯着他的名字，心里打了个问号："That's it？"（这样就完了？）我想象中"壮志未酬身先死"的悲情呢？我想象中"活在当下"的鸡汤呢？保罗，我本以为亲身经历死亡的你，会用慷慨激昂的文字，劝我忘记那些消极的情绪，高歌猛进，莫负好时光呢！

可是，我接着就读了保罗遗孀露西写的后记，那哀而不伤的笔调让我想起杨绛先生的《我们仨》，也是未亡人写给亡夫和早逝的女儿。与其说是后记，不如说是对这部作品的解读。露西写道："他没有故作勇敢，也没有怀着虚妄的信念，认为可以'克服'或者'战胜'癌症。他坦然真诚，对自己本来规划好的未来变得无望，他表示悲痛；但同时又创造了一个新的未来。"

对，没有故作勇敢，坦然真诚。我被这相当淡然的一句评价触动了。露西这篇后记，传递的也正是保罗给她的态度。这个越走到生命尽头越散发出人性光辉的男人，他虽死去，却好像仍在和伴侣一起携手人生。就像他的好友所写的序言："他的身体已经化归尘土，形象却依然如此亲切鲜活。他活在美丽的妻子和可爱的小女儿身体里，活在悲痛的双亲与手足心中，活在这教堂里的众多好友、同事和过去的病人的表情中。"等我读完露西的后记，感受到保罗所给予她的力量，想着保罗的医术与文字传递给全世界的福泽，一种震撼的战栗，从后背爬上来，悄悄遍布全身。原来还会有如此平静柔韧而又勇敢刚毅的力量，我虽然是"慢半拍"才感受到的，却后劲十足，久久萦绕不去，竟让我深夜辗转难眠，爬起来再次翻开这本小小的书，感觉手捧千钧。

书中的保罗是个无比坦诚的讲述者。他讲述意气风发的年轻时代，在文学中探寻人生的意义；讲述自己为了更进一步去感受生死，弃文从医。而中国一位文字同样具有震撼力的作家鲁迅，曾经在大时代背景下选择了弃医从文。鲁迅先生认为，医只能医身体，文则可以医灵魂。保罗的经历其实和鲁迅是不谋而合的。从医之后，他拼杀在与死神对抗的第一线，面对垂危的病人，用手术刀力挽狂澜。当然也有无可奈何的时候，而正是这样的时刻，令他明白医者的职责，有时不是去挽救病人的生命，而是做一个领路人，引导病人和家属，度过人生中的艰难时刻，以后还可以创造新生活。自己被确诊绝症，也是他的无可奈何。医生和病人的双重身份，大概让他更自觉地承担起引渡自己的责任。他也曾经历愤怒和恐惧，却不为消极的情绪所恼，而是敞开心扉，对亲朋好友展示自己的眼泪，坦陈面临的困境，接受别人的帮助。我想这种毫不避讳的态度，才是真正的勇敢坚强，让他在生命的最后时光，还能毫不懈怠地去完成梦想，甚至承担起保护所爱之人的责任。

身体已然垮掉，灵魂需要拯救。保罗在这时又求助于文学。其实看完整本书不难发现，即使是在查出癌症之前，日理万机、忙于拯救别人生命的保罗，也从来都没有忘记自己对文学的热爱。对生与死的探究，是古往今来文学作品的一大主题，其中不乏经典。而保罗一边获得关于生死的亲身体验，一边回到文学作品中去思考人生的终极奥义：面对死亡，是什么让我们的生命值得一活？多年浸润在文学作品当中的保罗，每每幽默轻快地行文之后，总伴着富有哲思、超然于世的思考，赋予这本薄薄的小书不可估量的力量。

一部我很喜欢的电影《超新约全书》中，上帝的小女儿捣乱，以发送短信的形式，提前把每个人的去世时间昭告天下。结果可想而知。有的人惶惶不可终日，有的人有恃无恐尽情冒险，有的人则完全挣脱枷锁，做回想做的自己。但我想这些行为在保罗看来，大概都并非人生真正的好活法。他借自己的肿瘤医生之口，说出了一句至理名言：别因为你要死了才去做或者不去做某件事情，而是要找到自己认为重要的事情，不管什么时候，只要去做。从这个意义上来说，保罗还是为读者们熬了"活在当下"的鸡汤。但他的"活在当下"，有着比常人高尚许多的内涵。此刻，若你让我阐述"活在当下"的意义，我第一个想到的，仍然是自己，大快朵颐，畅游山水，享受生活。而保罗呢，余生的前半段，他重返了热爱的手术台，到后面甚至满负荷工作；后半段病情恶化，体力实在不支，他转而写作，也是为了与大家分享自己的感悟，希望能给这个世界带去一些积极正面的能量。他当然也为家人考虑，为了妻子不至孤独凄凉，和她生育了一个孩子。我想，他们的女儿卡迪，多年后捧读这些文字，也会感觉到这个记忆中十分模糊的父亲，就在身边吧。（就像如今的我读亲生父亲在我出生前和出生后写给我的那些小诗，还有他在家中藏书上写的字迹娟秀、细致温润的批语，也总会有非常温暖的感觉。）"我虽死去，福泽绵延"，我想这是保罗心中，最值得一活的人生吧。

我便是被福泽至深的一个。反复捧读这本书以及翻译的过程中，我对死亡的态度，似乎也悄然改变着。我好像真正找到了想要的那种成熟和从容。不刻意避讳，也不让它对我造成烦扰。做"人生导师"应该并非保罗的本意，但他在书中的讲述与探讨，真正起到了引领的作用（至少对我来说是如此）。我只需要问自己，此刻做的事情，有没有积极的意义？有没有把当下的每一分每一秒过好？每每这样自问，心绪似乎也渐渐澄澈明净，对于死亡的那些虚妄的担忧，也变成了勇敢和笃定。

保罗给予我的福泽，还在于翻译这本书期间结下的奇妙缘分。我着手翻译工作后不久，与保罗有着千丝万缕联系的吴承瀚先生（如果保罗活下来，担任教授，开设实验室，承瀚就将成为他招收的第一个研究人员）主动联系了负责出版的北京磨铁图书公司，承担了审校的工作。生活在湾区，从事医疗工作的他，对这本书中的医学术语进行了严格的把关，并与我们讨论保罗文字中传达的思想要义，力求更加准确。他特地去了保罗的墓前，为我们拍了照片，每天我会打开照片，仿佛在与保罗对话，拷问自己人生的意义。

第一个把这本书介绍给我的，是因书结缘的编辑信宁宁，这本书带给她和我的震撼，相信同样强烈。负责这本书具体编辑工作的陈亮和肖蕊，与我的合作相当顺畅默契。我们共同讨论读书后的感受，对书中某个字眼的译法进行钻研，定期对译文内容进行讨论和修改。虽然不常常发表太私密的个人感受，我也能感觉到他们想要好好传达保罗精神的决心。我们都因为保罗的这本书，产生了奇妙的人生联结。这大约也是保罗人生的意义之一，至少是我人生的一大意义。

在翻译的过程中，书中一些内容常常让我沉思，有些感受堵在胸口如同块垒。每每此时我都对伴侣与亲朋倾诉。他们都认真倾听，给予回应。有的当即去阅读这本书的英文版，甚至读我的译稿，提出建议，分享感受。他们也是让我的生命值得一活的原因之一。人生来孤独，须得有人并肩同行。谢谢你们，让我不怕死，更不怕活下去。谢谢你们的爱，让我勇敢前行。

就像维基斯的序言中所说，我是在保罗死后，才真正认识他，成为他的朋友的。这一切都是因为他留下的这些力透纸背的文字。他临死前，对于肉身如何处理这一类的事情，全都是云淡风轻，毫不在意，却一定要让家人承诺，自己的文字能得到某种形式的发表。我想之所以有这个遗愿，是因为他希望实现主题诗中描述的存在的意义，"躯体有尽时，灵魂无绝期"。当他想要传达的信息昭告天下为世人所知，他就永远活在我们的心中，并随着这本书的散播推广，不断创造新的灵魂，改变新的人生。我深深相信，当你翻开这本书，也会和我一样，开始一场探究生死的旅程，并永生难忘。

所以我深深感谢这位真正能称之为"伟大"和"高尚"的医生、作者。保罗，你虽死去，精神不灭，灵魂永生。

此时此刻，无须多言，请你敞开心扉，与保罗一起奔赴这场"生死之约"吧。

2016 年秋

图书在版编目（CIP）数据

当呼吸化为空气 /（美）保罗·卡拉尼什著；何雨
珈译. — 修订本. — 杭州：浙江教育出版社，2023.11（2025.6重印）

ISBN 978-7-5722-6575-4

Ⅰ.①当… Ⅱ.①保… ②何… Ⅲ.①纪实文学—美
国—现代 Ⅳ.①I712.55

中国国家版本馆CIP数据核字（2023）第180203号

版权合同登记号　浙图字 11-2023-348

当呼吸化为空气
DANG HUXI HUA WEI KONGQI

［美］保罗·卡拉尼什　著　何雨珈　译

责任编辑：赵露丹
美术编辑：韩　波
责任校对：马立改
责任印务：时小娟
出版发行：浙江教育出版社
　　　　　（杭州市环城北路 177 号　电话：0571-88900883）
印　　刷：河北鹏润印刷有限公司
开　　本：880mm×1230mm　1/32
成品尺寸：125mm×185mm
印　　张：8.5
字　　数：125千
版　　次：2023年11月第1版
印　　次：2025年6月第9次印刷
标准书号：ISBN 978-7-5722-6575-4
定　　价：49.80元

如发现印装质量问题，影响阅读，请联系010-82069336。